字
造

字
造

一

男孩躺在树林里做梦的时候,阳光越过密集的树叶,直射在他脸上,形成一些闪烁不定的斑影,而光影就此进入梦里,变成水面上的波纹。他看见自己以鱼的姿势在水里游走,向一切水中的事物致敬。他向其他鱼问候,向水底的虾和蟹问候,甚至向浮动在泥岸边的螺蛳群问候。他内心充满巨大的喜悦。他是自由的,而且跟这世界无限友好。

自从两岁记事起,他就沉湎于这种白日梦幻之中,每天早晨，他溜进屋后的杂树林里，躺在一棵开花的老槐树下，周身包裹着阳光，就像穿上一件用光的纤维织成的袍子，睡意随即像树根那样从头脑、胸口、腹部和四肢一直延伸下去，他睡得仿佛石化了一样，直到黄昏被外婆叫醒。外婆是一名女巫，只有她能走进他的梦境，并把他拽出来，用树枝抽打他的屁股，把他赶回家去。

"该吃饭了，我的小畜生。"外婆咩咩地说，声音像颤抖的羊叫，"水里的鱼，已经在锅里等你了。"

男孩是个哑巴，嘴里天生就少了一根舌头，无法向外婆形容他在梦里的快乐。他抓住外婆的手叫了一下，外婆便笑了："唉，你这小畜生，不是睡觉，就是拉屎。"男孩便欢快地跑到杂草丛里，拉了一泡臭气熏天的屎。完毕之后,他又欢快地叫了一声,看见茅屋上的烟囱,冒出了青灰色的炊烟。

他抓住两条蚯蚓当鞋带,它们就自己在草鞋的绳扣里穿来穿去,最后还打了个蝴蝶结,然后就静静地趴在草鞋上了。他穿着鞋跑进屋去,坐在火塘边,看见真的有条大嘴尖齿的鱼躺在陶盆里。越过热气腾腾的汤缶,一张秀丽的小脸,正在笑眯眯地望着他。那是他的表妹阿嚏。她打了一个大大的喷嚏说:"小畜生今天在梦里干啥呀?"

男孩用手指指了一下鱼,又做出张嘴说话的样子。女孩说:"哦,我懂了,这条鱼刚才咬了你,所以你要把它吃掉。"她一脸坏笑地望着男孩。

男孩没有吃鱼,他很快吃光碗里的小米饭,然后去揪女孩的辫子，女孩也扔下筷子，在他手上轻咬了一口，留下一圈浅浅的印章式的牙印。他们开始在屋里嬉戏和打闹起来。这是他们每天必需的功课。外婆笑眯眯地望着绕膝的孙辈们，犹如望着歌谣里的世界。

男孩在女孩细长的辫子上打结。女孩在闪避中对男孩说："颉，你对我那么凶，可我对你这么好，就连吃一只跳蚤，都要分你一条腿。"男孩大笑起来，向她伸出一根食指，意思是要分给她一个指头。女孩又说："假如颉哥哥是条小狗狗呢，那么妹妹就是一根小骨头，让哥哥叼着跑东跑西。"

女孩接着说："要是我们以后在一起了，我就让所有东西都到一起来，我要把我的鞋放到你的鞋里，把你的袜子放进我的袜子里，让衣服跟衣服、枕头跟枕头都成为夫妻,还有,我的手和颉的手也要成为夫妻。"颉听罢有些羞涩起来,伸手捂住了女孩的嘴。

女孩推开他的手,又把舌头伸进他的嘴里。颉含着女孩的小肉舌,好像含着一条温暖的小鱼,心想它是多么柔软,多么芬芳,津液里带着青草的香气。女孩说:"我们的嘴巴也要成为夫妻。"颉的脑袋有些发晕,他被这次亲嘴震撼了,仿佛掉进了外婆热气腾腾的浴盆。此后的许多年里,他都无法忘掉这个灵魂的初吻。

夜深之后,外婆和女孩都去睡了,颉便进入自己的另一个状态——开始在泥地上写画。夜晚的生物已经出动,狼在附近叫春,夜枭发出令人惊悚的笑声,饿虎则在远处山谷里咆哮。颉也发出了自己的童声号叫。他像一头小狼,坐在屋门前,背靠坚硬而冰凉的门板,开始在泥地上画符。这是外婆传授的一种技法,巫师们在作法时,会在芭蕉叶或高粱叶上,用点燃的碳条画出黑色神符,树叶随即燃烧起来,形成一些诡异的图形,又以灰烬的方式消失在空气中。

颉依照树的形状画了一个神符,又照鸟足的形状画了另一个。抹掉之后继续画第三个,就这样无限地画下去。他能够感觉到这些神符的能量,它们在被画出来的时候是会笑的,但在被抹除时,却发出一声轻微的叹息。从笑到叹息只有一个瞬间。它们的生命如此短暂,令颉有些感伤起来。

早熟的哑巴男孩惘然想道,应该把这些笑声和叹息声都用罐子装起来，不让它们在巫术中死去。他的忧伤从指缝里流了出来，掉进了干枯的泥土。

但他还在不断重复这样的动作。日复一日，做梦和画符，这是他生命中唯一的事务。即便刮风和下雨，他都在这两个状态里摆动。表妹阿嚏有时会来恶作剧地加以干扰，她嬉笑着蒙住他的眼睛，玩弄他长在前额上的那块隆起的圆骨，拧他的耳朵，把一队肤色黑亮的蚂蚁送进他的衣领。颉在做梦时分是快乐的，在画符时分是忧伤的，只有在被阿嚏戏弄的时刻才是幸福的。他傻傻地笑着，被阿嚏身上的青草味儿弄得心醉神迷。

这天，女巫外婆把他从梦境里拖出来，牵着他的手,带他走出这个叫作"侯岗"的村落,去附近的村子赶集。外婆一路上跟许多农夫和女人打招呼,说各种语义奇怪的话。在集市上,她又在每一个摊位上讨价还价。为了低价买一把青菜,她几乎用尽了讨好的语词,甚至发出巫术般的威胁,说要是不肯降价,就把菜农的家变成地狱。最后双方总是非常友好地完成了交易。

颉对此充耳不闻。他独自蹲在道边,用手指在地上画着神符,村民们都认识这个哑巴男孩,他们满含怜悯地望着他,觉得他不仅是个小哑巴,而且还是一个傻瓜。他们脸上有时露出轻蔑的神色。是的,人类可以容忍失语症患者,却不能容忍一个白痴。

颉对人们的目光早已习以为常。他的脸上永远挂着呆傻的笑意,仿佛是一个被定格在面颊上的神符。他按集市里的事物(鸡、肉、蛋、菜之类)画出神符,再把它们抹除,看它们迅速地诞生和死亡,悼念它们短暂的一生,沉浸在符号循环游戏的悲喜之中。

在抹掉几百个神符之后,颉抬起自己的目光,想看一下外婆的下落。外婆不知所终,人群还是如此拥挤和喧闹,在不远的街角,一个罗锅乞丐老汉正在被人痛殴。看样子好像是偷了什么人的银子,破烂的衣衫上沾满尘土,打满结的白胡子上都是鲜血。颉很不开心,他觉得老汉非常可怜,需要他的帮助,于是他走过去,发一声喊,然后叉着腰,威风凛凛地站在老汉和众人之间。所有人都惊呆了。打人的汉子也打了颉一掌,令他眼里冒出无数朵金星。但他没有倒下,依旧保持着生气的样子。旁边有人认得他,说别打了,那是侯岗村女巫的外孙,打人者有些吃惊,只好骂骂咧咧地走了。

颉去看那位老汉,他却已经站立起来,罗锅背挺直了,胡子上的鲜血也消失了,褴褛的衣服变得华贵光鲜,目光如炬地看着他,仿佛变了一个人似的。"我知道你叫颉,是女巫的外孙。"老汉脸上露出笑意,"我找你已经很久。"

颉很诧异地望着老者,觉得他比神符更加神奇。他用手摸着那枝繁叶茂的胡子,发现它们像小辫子那样被编成了数百根,每一根上面都有上百个微小的胡子结,看起来数不胜数。他不知道那究竟是年岁的记号,还是代表其他什么更加诡秘的意义。

老者哈哈笑道:"这里有三万八千个绳结,代表我的年岁。你若想数清楚,需要花费三百天以上。"老者用手一摸,胡结竟然完全消失了,稀疏的胡子散漫地飘拂在嘴边,像一堆在风中摇摆的杂草。颉惊得目瞪口呆。

老者说:"这是天神传授给人类的结绳符号,你应该懂得它们的意义。你跟我来,我要教你一种新的游戏。"

颉跟随老者来到一条僻静的巷子。老者交给他一片龟甲和一个牛胛骨,颉正拿在手里把玩,老者突然伸出两枚手指,迅疾插入颉的眼睛,又猛然拔出。颉感到一阵剧痛,大叫一声,蹲下身去。等他站起身来,睁开眼睛,老者已经失去了踪影。颉感到有些恐慌,不知究竟发生了什么,眼睛正在变得清凉起来,看东西也更加清晰。他放眼望去,竟能看见一百多尺远的烟囱上,有两只仓鼠正在亲热。他大吃一惊,赶紧闭上眼睛,以为出现了幻觉。等再次睁开眼睛时,仓鼠已经逃走,留下几粒黑亮的鼠屎。

颉感到有些头晕。他收起异样的目光,慢慢走回街上。外婆已经在那里等候,一脸焦急的样子。他便跟着满载而归的外婆向家里走去。一路上外婆仔细看着他说:"你的眼睛怎么变成了双瞳?你刚才发生了什么事情?唉,你这哑巴小畜生呀。"

颉跑到河边,看见自己的眼睛果然变成了双瞳,也就是在原先的深棕色瞳仁里,又出现了一个纯黑色的瞳仁,犹如一个大圈套着一个小圈,反射出月光般的神奇色泽。"为什么是这样的呢？"他有些慌乱地望着外婆。外婆也满腹狐疑。他们面面相觑。阿嚏后来看见颉的变化，也非常吃惊。她反复看了半天，大惊小怪地说："颉哥哥变成怪物了，不过我很喜欢。"

这天夜里，颉像往常一样坐在门口画符，突然发现眼睛在黑暗里还可以看见事物的本性。那些小砾石的灵魂在地面上跳舞，闪闪发亮；树的灵魂在吸吮大地的汁液，就连野草都变得辉煌起来，散发出晶莹的光泽。几只甲壳虫还在工作，它们就像是一些被雕琢成昆虫的金子，光芒四射，令整个暗夜都呈现出辉煌的气象。

面对这种变化，颉有些手足无措。他小心地伸出手指，看见指尖也在熠熠放光，犹如萤火虫的屁股。他试着在自己手掌上画下一个"虫"符，它竟然像剪纸那样飘飞起来，悬置在半空之中。颉吓了老大一跳。现在，神符不仅会发笑和叹息，而且还能变成可看见的实体，这是他万万没有料到的。他用手指画了一个"窗"符，眼前便出现了一个由光线构成的窗格，一个老者在窗外向他招手，他就是白昼在集市上遇见的那位。他探出头来笑道："我们又见面了。"

颉想对他说什么，却只是发出一声惊喜的叫唤。老者笑了："看来你已经忘了舌头的功用。现在你可以说话了。我是大神伏羲，今后，你要用舌头来赞美我，赞美所有天神的功德。"

颉傻笑地点点头。

"我要借用你的手来改变世界。好好画符吧，你将成为世界上最伟大的先知。"伏羲说着向后退去，跟窗框一起消失在虚空之中。

颉就这样从伏羲神那里获得了写符的力量。这不是部落巫术，而是一种前所未有的神通。颉对着嘴巴画了"舌"符，口里突然长出了什么物事，他在池水里照着看，发现嘴里真的多了一块可以伸缩的淡红色软肉。谢天谢地，基于伏羲大神的恩典，他为自己找回了丢失的舌头。

颉快乐地叫醒外婆和阿嚏，向她们演示自己的法力，还吐出舌头给她们看，对她们解释了它的来历。她们都被这神迹弄得呆了，半晌说不出话来。外婆点燃一支松明，写下一道拜谢符，在伏羲神像下烧化。

阿嚏打了一个喷嚏说:"颉哥哥能说话,我心里真是欢喜死了。"

颉从此拥有字造的异能。他用两个食指彼此交替,轮流在手掌上书写各种象形符号。他画"灯"符,屋里就多了一盏油灯,他书画"鬲"符,院子里就多出一只鬲罐。外婆说,我不去集市了,你替我造吧。颉于是画了"鱼"符,篮子里出现了摇头摆尾的活鱼;他画"瓜"符,门前的棚架上就结满瓜果;他画"黍"符,地里长出了颗粒饱满的庄稼。他还为阿嚏画了"龟"符,阿嚏马上得到了一只迷人的绿色小龟。它缓慢地爬行在阿嚏的小手上,背甲坚硬,眼神柔软。

黄昏降临的时刻,外婆开始蒸饭和烧鱼,烟囱里冒出了淡淡的炊烟。阿嚏说，我不要天黑，颉哥哥为我弄一点光亮。颉想了想，用右手在左掌上画了一个"日"符，又用左手在右掌上画了一个"月"符，然后把两个手掌并置起来，形成了一个"明"符，突然间，天空上出现了日月并置的景象。黄昏的太阳不再降下，而月华已经上升，它们一个在天空的西边，一个在天空的东边，彼此辉映，令原本已经黯淡的天空变得异常明亮。人们都从屋里跑出来观看，以为是神降临在天上。

阿嚏把外婆拉出屋子，指着天空上的异象说："看，那是颉哥哥干的。"

外婆眯着眼睛看了一会儿，叹口气说："孩子，你玩得有点过了。我也不知道，这究竟是福还是祸呢。"

颉和阿嚏都没有在意女巫外婆的担忧，他们在门前继续玩画符的游戏。他画了"水"和"也"符，水塘边又出现了另一个水塘；他画"阜"加"匋"符，水塘边竟然出现了陶窑。颉拉着阿嚏的手绕过水塘前往陶窑，触摸它的外壁，发现这是真实的物体。

颉喜悦地哭了，他对阿嚏说："我要为你画一座好看的房子，把你放进去，像放一个小娃娃那样。"

阿嚏也笑了："我要跟你在里面一起吃饭睡觉。"

这时，明亮的天空上忽然发出悦耳的大音。外婆脸色苍白，浑身颤抖地说："糟了，颉惹怒了天神。我们家恐怕要遭难了。"她听见四周的亡灵都在哭泣，蛇虫之类的爬虫，穿越草丛，纷纷躲进了自己的洞穴，再也不敢出来。天上下起瓢泼大雨，雨水里混杂着粟米、鱼和菜,百姓都跑出来捡拾,沉浸在不劳而获的狂欢之中。

阿嚏说:"外婆呀,这不像是神明生气的样子。"

外婆望向下雨的天空,又看着大地上那些米和菜:"是呀,我也糊涂了。"

在这天结束的时刻,天空上出现了一道巨大的彩虹,它们从颉家屋后的小山上爬升起来,又在对面山里消失,形成半圆形的彩带。外婆忧愁的表情变得释然了,她坐在门槛上:"这是天神在跟颉立约。他们达成了和解。"只有颉知道,那是伏羲对他的褒扬。但他没有告诉任何人。他仍然习惯于过去的沉默。

阿嚏第二天病倒了。起初她不时地叫喉咙疼,咳嗽，额头发烧，然后发展为寒战和高热。她对外婆说："我的头好痛。"颉放弃了睡眠和做梦，在一边陪着，看见她全身都起了瘀斑，从鲜红变成紫红。到了第三天早晨，她开始不停地呕吐、说一些奇怪的胡话，浑身抽搐，陷入半昏迷的状态。她醒来时对颉说："哥哥呀，我梦见这屋子就是我的身体，它在发热，而我住在里面，我出的汗在梦里变成了雾气和雨水。现在我要走了，去一个更凉的地方。"

颉哭泣起来，说不要她走，他要为她驱赶病魔，他先是画了"蠱"符，又画了"刀"符，把它们合并在一起，想用刀去杀蠱，但阿嚏的病情没有丝毫好转。他想像外婆那样写符求神，于是又画了"求"符，加上"文"符，合成一个"救"符，但伏羲大神始终没有做出响应，变成老乞丐现身。

那天半夜里，颉忽然一反常态地昏沉睡去，梦见阿嚏的五窍里爬出许多黑色的小虫，就连嘴里也满满都是虫子，甚至眼里流出的眼泪，都变成了虫子。颉醒过来时，虫子已经不见了。

阿嚏就这样悄声走了，像一个轻轻的喷嚏。外婆抚摸着她的小身子吟唱，替她幼小的亡灵送行。颉放声大哭，他的眼泪流到地上，结成一个"哭"符，眼泪又继续流到屋外，流进了池塘。鱼虾先是吓了一跳，然后也都哭泣起来。草木和鲜花哭泣起来，飞禽和走兽也哭泣起来，整个世界都哭了起来。

颉长大后才懂得，他的画符魔法是有限的，他甚至不能救回最心爱的女孩。

但颉还是在经久不衰的睡梦里长大了。外婆在他十四岁那年谢世,阿嚏的坟头上长出一株槐树,每天都在风中摇摆树枝。向他说出意义不明的絮语。有一次,他梦见阿嚏从那个世界里过来看他,当他想抱她的时候,对方却消失了。他恍然大悟,原来阿嚏太忙,刚才是派了一个影子前来探访。

在无限的孤独中,他成为半神半人的造符者,主祭伏羲神的祭司。他在梦里用手指在肚皮上书写古怪的线条,由此不断创造新字,随着他的造字,相应的事物也在世间诞生。人们管这种符号叫作"字",画字的行为叫作"写"。颉管自己的这种创造叫"字造"。他在这种独一无二的"字造"之中,为世界创造出各种全新的事物。

不知从什么时候开始，颉的字造不再限于梦里，而是悄然转移到日常现实的场景。他开始在清醒状态下生成字形，一切似乎变得更加自由。他希望得到神的保佑，就造了"神"字，结果田边出现了伏羲的神像；他造"寺"，小小的寺庙就出现在村里；他嫌寺太小，画了"广"符和"由"符，田地尽头便出现了"庙"，大屋顶遮住神像和田地，成为更大的祭祀场所。颉在他造的庙里住下，成了一名伏羲祭司，负责传递神的旨意。

他造"車"字，就出现了独轮和两轮大车；他造"律"字，就出现了法律；他造"城"字，城墙和城市就出现了；他造"律"字，就出现了乐器和音乐。

但自由造字也会弄出一些劣字和错字，犹如肿瘤细胞的自我恶性繁殖——"驫""麤""鱻"和"四雷(pia)"，或笔画过多的字如"齉"，等等。颉只能造字，却无法消字。他只能等待那些错字在岁月中腐烂，或者像野草一样疯长。直到生命临终时刻，颉都没有找到有效消除的方法。

颉开始更审慎地推行他的字造活动，因为每一个错误，都可能引发灾难。为了阻止坏字流行，他必须为好字找到便于存取的容器。他记起伏羲神曾经交给他的龟甲和牛骨，这两件宝物作为随葬品，跟阿嚏一起化成了尘土。颉先是选择牛胛骨，看见上面爬满来自地狱的鬼魂；他又试着把龟甲放在耳边，却听见了微弱的天籁，仿佛是神在耳语。

颉于是选择了龟甲。寺庙里的助工昆吾，是他的第一个弟子，他到处收集被人丢弃的龟甲，仔细地加以清洗和打磨。颉把字逐一刻在龟甲上，然后悬挂到庙的大梁上，就像悬挂来自海洋的贝壳。龟版在风中摇摆，发出风铃般悦耳的叮当声，犹如来自水神和风神的问候。

这时的世界分为两种事物，一种是原生的，一种是通过造字产生的。字也分为两类：一种是对外物的模仿（象形），被称为"镜字"；一种是创造外物，被称为"原字"。后一类字是有灵性的，通神的，是更高等级的文字。

等颉造出八百个字时，城市就依照他的文字，呈现出完整的容貌：宫殿、庙宇、工坊、仓库、道路、商铺和城墙,新事物层出不穷,琳琅满目。国家和文明就这样令人愉快地诞生了。人民为此兴高采烈,他们走进庙里祭拜,跪倒在伏羲神像前。当看见祭司颉的时候,他们发出热烈的欢呼。

仓颉变得有些傲慢起来。他拒绝见那些求援的百姓,更拒绝帮助他们,因为他们提出的琐事要求,不值得他去浪费时间。

一个流鼻涕的小女孩对她说:"颉,我的泥偶娃娃摔碎了,你能帮我重新造一个吗?"颉看着她很丑的小脸,没有理会她的请求。

后来又来了一个衣衫褴褛的老奶奶,她拄着拐杖说:"颉呀,我的衣服太少了,怕会熬不过这个严冬,你能替我造一件羊毛袄子吗?"

颉笑了笑说:"我不会这个,你去裁缝铺做一件吧。"

这是深冬季节的一天,大地结起了很厚的冰层。颉在修补他的神像,有位叫作师襄的乐师,背着一架六弦琴走进寺院,说是自己的手指出了状况,请求他给予治疗,颉断然拒绝了他。

颉说:"你应该去找医师或巫师,而不是我这样的祭司。"

琴师说:"我可以向你演示我的病症。"

颉轻蔑地一笑,没有理会,转身离去。

但他还没有来得及走出前院,琴声已经响彻整座庭院。颉大吃一惊,掉头去看,发现师襄拨动了跟冬天相应的水音羽弦，奏出代表十一月的黄钟乐律，激越的琴声在庭院里交响，鹅毛大雪瞬间就降落下来，地上和房顶上，到处都是厚厚的积雪。

颉起初以为这只是一个巧合，他抓起雪来，放在鼻子底下嗅了一下，笑道："先生像是一位算命师，能够算准下雪的时刻。"

师襄听他这样说，便转换了一个调子，拨动起与春天相应的木音角弦，弹奏出代表初春二月的夹钟乐律，柔和的琴声一起，温暖的春风徐徐吹拂，田野上野花盛开，五彩的小鸟在空中飞舞，游鱼在水里跳跃。大雪和坚冰迅速融化，变成涓细的水流。

颉这下有点犯晕了，他知道来了一个比他更厉害的角色。他立即拱手致敬说："抱歉先生，我失礼了。"

古事記

字造　日月

圖一

在那里打坐和冥想,并让新字在冥想中不断浮现。

每天都有年轻人到庙里习字。他们临摹龟甲上的字样,把它们写在自己带来的木版上。颉这天黄昏走进神庙,看见有个少年,很认真地趴在地上习字,还用猪毛做成软笔,蘸着炭黑,把字写在打磨好的竹片上,再用麻绳把他们串联起来。颉给他起了个名字叫"毛简",他发明的记录工具,则分别叫作"毛笔"和"竹简"。竹简没有神性,无法代替龟甲成为刻录新字的载体,但它却随处可取,削制简单,应该是最好的练习工具。

毛简很高兴,屈膝跪在颉的面前,要拜他为师。黄昏的光线勾勒出少年整洁的容貌和衣装,就像他自己过去的模样。颉的心里突然涌起一种巨大的感动,他就这样收了自己的第二个弟子。

由于昆吾和毛简的缘故，颉决定办一所学校。他造出一些上好的木材，扩建了寺庙的后殿，把它变成文字图书馆，又把偏院改成校舍，收了十几个弟子。他们负责整理那些文字，把他们按偏旁进行分类，以便检索。

在弟子的技艺大幅提升之后，颉又把学校分为两个专业，一个是造字专业，另一个是认字专业，该专业的弟子中有不少异能者，他们能够耳朵认字，以字算命，以字看病，以字变形，等等。除了象形法和会意法，颉还发明了指事法和形声法，造字的速度成倍加快，表达的功能也日益完善。他满意地看着这世界所发生的变迁。

二

颉每天黄昏走出后院,朝着夕阳的方向,独自返回自己的住处,身后拖着一条形单影只的影子,就像拖着一块沉重的木板。自从阿嚏和外婆去世之后,他习惯了一个人的生活。但弟子中那几个妙龄女孩,始终在撩拨他的灵魂,尤其是那个叫作沮诵的造字班女孩,她总是头戴粉色的玫瑰,睁着大大的眼睛,痴情地望着他的双瞳,向他发出没有言辞的问候,弄得他授课时心猿意马。

但颉总是觉得,这不该是他的女人。沮诵在休息的时候,热衷于用刻字的玉刀杀死青蛙,剖开它们的肚子,拉出细长的肠子点火烧掉,然后把它们的四肢钉在木柱上,造出一个"大"字,说是要祭奠伏羲神。颉远远看着沮诵的游戏,有些心惊胆战。他惧怕这个美丽的少女。

沮诵在用竹简练习造字时说:"假如我当上女王,我就下令所有百姓交出他们家的男孩,由我来统一管理。我要让那些男孩成为我的奴隶,把他们的眼睛刺瞎,让他们成为永远的面首和盲从者。"她于是发明了"民"字——在一只眼睛上,有一根锥子,那是刺瞎的记号。

颉当场否决了她的作业。颉说:"人民是你要奉养的父母，不是你榨取他们血汗的奴隶。"

沮诵伸出舌头，舔了一下自己的鼻子，甜蜜地笑了："先生，你生气的样子，真好看。"

颉没有理会她的挑战，而是转向其他弟子说："今天我要在你们面前造另一个代表人民的字。"他在竹简上写了三个"人"符，上面一个，下面两个，构成了"众"符。颉说："三个人聚合起来，就代表人民，他们是我们的衣食父母，我们要敬爱他们，把他们当作神明，而不是刺瞎他们的眼睛，让他们变成愚人。"昆吾和毛简都点头表示赞同。沮诵踩碎了她的"民"字竹简，满含失望地走开。

颉回家后，躺在黑暗里，想遍那些身边的女人，始终无法摆脱阿嚏的影子。她是如此甜美、无邪和善良，酷爱世间的所有动物，跟它们结为好友。他猛然醒悟过来——为什么不用写字魔法去召回她的灵魂呢？

这天夜里，他阳具坚挺，浑身燃烧着欲念的火焰。他用喷射出的浓稠液体，在龟甲上涂写了一个"女"字，又用第二次喷射的液体，涂写了一个"少"字，然后把两片龟甲放在一起，像摆放好一双拖鞋。

第二天早晨醒来，他看见榻边的龟甲上出现了一个新字"妙"。他睡眼蒙眬地打开屋门，看见一个容貌秀丽的少女，站在初升的阳光下，目光清澈，牙齿皓洁。少女笑盈盈地对他说："我叫妙，我是你的女人。"她咬着他的嘴唇，把舌头探入他嘴里。他平生第二次含住了温暖而柔软的小鱼，品尝到青草般的香气。颔想起跟阿嚏的那次初吻，忽然醒悟到，妙就是阿嚏的重生。

颉又造了一个"安"字，把女人稳妥地放在家里。妙就这样走进了他的生活。这是个不打喷嚏的成年版阿嚏，如此安静而热烈，悉心照料他的起居，像母亲一样关怀他的事业，又像妻子一样慰藉他的身体。颉的脸色滋润起来，身体也变得强壮。所有人都发现了颉的剧烈变化。他的威望如日中天，达到一个青年祭司所应有的最高限度，就连国王昆吾都要亲自登门拜访，向他表达敬意。

沮诵美丽的大眼里充满怨恨。她把青蛙的尸体，偷偷埋进了他的稷米饭里。

颉不知道，他的造字事业，威胁到了传统的结绳法则。它的背后是巨大的权力和利益。当时的天下，分为传统的结绳派和颉所代表的造字派。贵族大臣和学者捍卫古典结绳方式，而青年人则更喜爱文字，他们拥戴颉，字的用途越来越广，已经侵蚀到结绳派的传统领地，例如记账和结算，甚至官府会议和祭神仪式。这引发了结绳派的严重不安，两派之间发生激烈的争斗。他们决定派出自己的大师前去伏羲庙，向颉发出挑战。

这天，颉刚刚结束造字课程，弟子们逐一散去，只有一位坐在后排的老者没有起身离开。他身披褐色麻衣，黑少白多的目光，刀子般扫过他的面颊，令他感到微微的疼痛。还是昆吾眼尖，认出了来者，说这位是著名的结绳派高手麻结。麻结于是走上前来，向颉致礼问好。

颉拱手回礼道："不知大师前来有什么见教？"他知道，面前的这位老人已经一百八十六岁，因为他长长的头发上，打了十八个大结和六个小结。颉靠犀利的眼力，快速算清了他的年龄。

麻结说："你造的字家喻户晓，可我年事已高，人老眼花，有几个字至今还有些糊涂，想就此向你讨教。"

颉连忙作揖道："在下不敢，请老先生赐教。"

麻结把玩长发上的那些大小胡结："你造的'馬'字，'驴'字，'骡'字，都是四条腿的动物吧？但牛也有四条腿，可你造的'牛'字，却没有四条腿，而是只剩下一条尾巴,这是否有点不合常理?"颉一听就知道来者不可小看,因为对方一眼就看出了他造字留下的漏洞——原先造"鱼"字时,是写成"牛"样的,而造"牛"字时,是写成"鱼"样的。但因为粗心,将它们弄颠倒了。

麻结又说:"你造的'重'字,是说有'千里之远',应该念出门的'出'字,而你却教人念成重量的'重'字。反过来,两座山合在一起的'出'字,本该为重量的'重'字,你倒教成了出远门的'出'字。这些字实在令人费解,只好当面来向你讨教。"

颉说:"这正是我的错误。可惜对于错字,神祇没有交给我抹除的权柄。"

麻结开始嘲笑颉发明的文字,说它还有更多的弊端，它为事物下了定义，导致事物在语义上的固化。一旦形成大量坏字，就会败坏世人的道德。而结绳记事则没有这种危险。颉承认，对方洞察了字造活动的深层危险。但他仍然相信，伏羲神会给他力量，去克服字造可能带来的灾难。

麻结看出了颉的心思。他说："结绳派正在准备记事法的赛事，让各种门派都能展示他们的技艺，并让世人做出公正的评判。"麻结的邀请令他无法拒绝。他彬彬有礼地接受了，却不知这是个巨大的陷阱。结绳派受到贵族阶层的强力支持，它断然没有输掉的打算。

颉对昆吾和毛简说，我对结绳记事几乎一无所知。

我想出去走走，看看这个世界的真相。他于是化妆成一个穷困的老者，就像伏羲神曾经扮演过的那样，拄着拐杖来到喧闹的集市，从那里眺望人间的风景。

他发现，结绳记事是一种人们习以为常的方式。摆摊的小贩用不同颜色的绳子，表示各种不同的货物。颉想要购买一件细麻织成的上衣，看见它上面垂着一根褐色的麻绳，上面打着一个大结和三个小结，他立即就猜出它的价格是一块碎银加上三枚贝币。一问，果然如此。

颉还仔细观察路人的装扮。昆吾告诉他，人们把辫子当作自我身份的标志，少女用青色发结的数量炫耀自己的男友数量，或者用空心结来表达求偶的愿望。结婚的女人则用蓝色发结炫耀自己的儿女数量；有地位的男人还用贝壳数量炫耀自己的财富,甚至用玉石的数量炫耀权力和地位。

理发师的主要工作,就是为人解开发结,在仔细清洗之后又重新打结。地位高的人士发结数量繁多,清理一次,几乎要花费一整天时间。颉在一家理发铺跟前站了许久,看得兴致盎然。他傻傻地笑着,最后被理发师当作白痴赶走。

颉继续在城里四处转悠,他惊异地发现,人们在自家门口也悬挂着各种绳结,向外人宣示家里的人口、财富和地位。甚至还要表达主人的当下状态。颉看见一个女孩走出主屋,急切地钻进茅房出恭,顺手在门前挂上一条褐色的大结。在另一家门口,紧闭的门上悬挂红色大结,颉于是明白了,那是正在做爱的记号。

颉还看见穿白色丧服的人在某个大宅子里出出进进，门上高悬着黑色的麻绳，上面打着一个大结和一个小结。昆吾解释说，这家同时死了一个大人和一个小孩，估计是孕妇难产的结果。颉顿时感到悲伤起来——他记起了阿嚏和外婆的死亡。

颉走了一圈，大致弄明白了结绳世界的法则。在民众阶层，它是天真和没有隐私的，所有人的秘密，包括他们的年龄、财产和情人的数量，都被绳结所公开，仿佛是一种自我炫示。但贵族有权拒绝对外透露自己的秘密。这是他们的永久特权。贵族们把结绳变成一种密码，他们用绳结彼此传递秘密消息，除了他们自己，无人能破译他们的秘密。

颉还发现，结绳记事也有其致命的弱点，他们无法造出新的事物。而且打结过于复杂，语义又容易造成误解，所以用者渐少。它由女娲神所发明，代表最古老的哲学。但颉明白，造字派没有这样的烦恼。文字便利、准确、信息丰富，饱受商人和民众的喜爱。集市上的大多数标识，已经采用了他的文字。颉于是发明了"胜"字，又在龟片上钻孔穿线，吊在自己脖子上，犹如一个款式新奇的挂坠。他知道，这个字将给他带来最终的胜利。

妙也想要一个吊坠，她说："我要把你的亲做成项链挂在脖子上，你不在家的时候，它们就能挨个儿替你亲我。"

大赛的日子已经临近。妙让昆吾和毛简收集被村民丢弃的小龟甲，在上面打孔，刻上文字，然后把它们逐一编缀成战袍。这是一项艰巨的工作。村里的其他女人都来相助,她们先缝制领口、衣袖、前襟和后襟,然后再把它们组合起来。耗费了整整七个日夜。战袍完成的时刻,颉还躺在竹榻上做梦。

记事法大赛那天上午,天空乌云阴沉,风在四周呼号,到处是飞扬的树叶和尘土。颉带领他的全体弟子,威风凛凛地走进会场。他身穿一件用八百个小龟片编缀起来的盔甲,每一龟片上,都站着一个图画般的美丽文字。他的宽檐帽用牛皮缝制,檐边绣着两个用文字连起来的短句:"伏羲之子,字造之父。"这是世界上第一个用文字书写的句子。

颉的信徒们看见他信步走来,不禁全体起立,发出热烈的欢呼。结绳派领袖麻结已经到场,他在拥护者的簇拥下,稳妥地坐在竹榻上,没有起身迎接。他的随众则向颉发出嘲笑的嘘声。会场里的人群,当即分裂为两个对立的阵营。

国王皋陶牵着他的独角兽坐骑"獬豸"来到现场,这是双方拥护者都共同发出欢呼的时刻。半裸的国王仪仗队,分为男子和女子两列,在鼍皮鼓的伴奏下,开始跳璇玑大舞。他们舞动月桂树枝,麋鹿皮短裙上下跳跃,坚硬的肌肉和硕大的乳房,在汗水中灼灼闪亮。

皋陶说,青丘国正在经历巨大的变革,需要选择一条进化的道路,也就是选择一种最好的记事法,让它像风一样推着人们前行。

国王说完之后,比赛便开始了。麻结首先登上祭坛，向民众展示其复杂精妙的绳网。它用不同颜色的绳连接，上面结满大小不一的绳结，他宣称这其间记录了青丘国的全部历史。然后他开始逐一解释起来。他苍老的手指，轻轻捻动或划过每个绳结，像水波掠过记忆，唤醒隐藏其间的各种秘密消息，然后用精密的言辞说出。民众看得目瞪口呆。他们平素使用的结绳法，跟麻结相比，实在有天壤之别。结绳派再次欢呼起来，喊出对结绳术的无限自豪。

结绳派在炫耀他们复杂的记事系统。他们的绳文就像天书，但在计算个人财物、展开商业贸易和计算军队数量与战利品方面，却显示出自己的强大优势。对于青丘国这种依赖贸易的小国而言，结绳刚好满足了它的简单需求。

此后，一些小门派的代表，开始依次表演自己的发明，令人眼花缭乱，有贝壳派、兽皮派、麻纹派和玉石派等。颉印象最深的，是一种有趣的"花叶密符"，就是用不同的树叶或花瓣来代表固定的含义，比如用牡丹花瓣"尼玛"表示"我爱你"，用小柿子叶"奇哈"表示"我很苦闷"，用老李树叶"巴里"表示"我想跟你分手"之类。颉惘然想道，这好像阿嚏的发明。她生前最喜欢玩这样的叶子游戏。

最后才轮到侯岗村的文字派粉墨登场。颉走上祭坛，向国王和民众展示他的皮帽和甲片，展示了由盔甲龟片组成的字词和语句，它们赞美神祇，赞美国王，赞美这个小国，赞美它的人民，赞美日月星辰，赞美大地和高山，赞美湖泊与河流，赞美春天和秋天，赞美稷米和小麦，赞美牛羊和家猪，赞美所有可以赞美的事物。这是原初的歌谣，每个字词都在颉的吟诵下闪闪发光，散发出不可思议的巫术力量。

云层散开了，正午的阳光投射在颉的身上，令他的仪容犹如天神。衣摆上的龟片在风中颤动，发出悦耳的乐音，仿佛在给颉伴奏。所有人都变得痴迷起来。在颉结束吟诵的时刻，全场发出了欢呼，就连结绳派的拥护者也卷入进来，声音震耳欲聋，差一点掀翻了湛蓝色的穹顶。

以行事公正著称的青丘国王皋陶，是这场大会的最高评判者，他年事已高，满头银色的皓发，皱纹已经从额头爬向了衣领。他命人牵出自己的坐骑，说要让独角兽"獬豸"来评判优劣。

颉第一次看见这头名满天下的神兽，它体大如牛，却拥有一个公羊般的外貌，目光柔和，牙齿尖利，全身密布着坚硬的黑毛，额头上长着一支尖锐的白色独角，犹如玉色温润的象牙。国王说，它善于辨认是非曲直，通常的做法是，它的角触碰谁，谁就是罪犯。但今天不是断狱，而是友好的竞赛，所以要改换一种方式。国王蹲下身来，对神兽耳语几句，然后直起腰来，向全体人民宣布，它将把自己的粪便，贡献给它最喜爱的人物。全场都为之哗然。

神兽迈着轻快的脚步在现场转了一圈。它走过麻结面前，麻结派的拥护者随即发出急切的喝彩声，但它没有停住脚步，而是径直走到颉面前，把粉红色肛门对准他的脸庞，全身发出一阵短促的抖动，然后拉出一堆黑豆般的屎粒。颉没有料到，神兽就这样放肆地把排泄物堆在他脚面上，而且如此温暖而芬芳，带着香椿和干草的混合气味。

国王皋陶高声宣布了颉的胜利。而颉此刻已经听不见任何欢呼声，他忆起青草味的阿嚏，忆起童年时在树林里做梦的场景，忆起他被世人歧视和遗弃的岁月。他知道，阿嚏和外婆正在天上看着他的胜利。她们的笑颜化成了洁白的云朵。

妙楚楚动人地站在他身边，周身颤栗，满脸都是欢喜的眼泪。麻结陡然变得无限衰老，他在人们的搀扶下，费力地离开了广场。沮诵站在祭坛下，浑身散发着玫瑰花香。她看着妙的笑容，朝獬豸啐了一口唾沫，脸上露出寒冷的笑意。

三

比赛的胜利，令造字派得到了国王的支持，它逐渐成为官方的记录方式。造字派在青丘国已经全面胜利。麻结经受不住那次致命的打击，几天后，他坐在家里的火塘前吃饭，被一颗沙枣噎住，没能喘上气来，愁肠百结地死了。他谢世之后，青丘国的所有绳结都迅速腐朽起来，化为一些毫无用处的发霉的麻丝。结绳时代从大地上流逝了，就像雨水从石头上溜走一样，很快成了人类记忆中最模糊不清的部分。

皋陶委任颉担任国家祭司,负责文字的全面打造。他的学校从神庙里迁走,在城市中央被重新建造,成为一座围墙高耸的学宫,里面拥有两百名才华横溢的弟子,他们来自世界各地,在这里研修、玩耍和创造。其中年龄最小的只有三岁。

识字班里出了几个能用耳朵和腋窝认字的少年。其中一位甚至可以默写出颉发明的所有文字。他用脑子记诵,又用耳朵倾听和辨认,从未有过差错。还有一名八岁的小孩,只要舔一下龟甲,就能知道它上面的文字,还能说出它的味道。就连皋陶都被天才弟子的奇技惊动了,他亲自替小孩蒙上眼睛,然后把一片"甘"龟甲放入他的嘴里,小孩说味道有点甜;他又放了一片"辣"字,小孩立刻被呛得直咳,说受不了那个辛辣的口味。这件奇事迅速传遍整个王国,大家都觉得非常奇怪。青丘国几个最聪明的人都懂得,异人辈出,正是世道发生巨变的征兆。

颉并未在意这些雕虫小技,他认为那只是孩童的游戏而已。他的灵魂专注于创造新字的游戏之中。他用"羊"和"大"造了一个"美"字,用来赞美他的妻子妙,他在私下将它们合二为一,叫妙为"美妙"。每次深夜做爱时,他都不停地喊着"美妙",并在这种叫声中达到狂喜的高潮。

做爱完毕之后,妙通常会做一些奇怪的梦。这天,她梦见颉娶了新妻,长得跟沮诵一模一样。她坐在村头嗑瓜子抠脚,对妙大声说,她已经怀孕一个时辰了。妙惊讶地问:你怎么知道自己怀孕?难道你的月事如此精准？沮诵说，是的。她还得意地说，颉把她按在粟米地里强暴了她。早晨起来时，她把这个梦告诉了颉，颉听罢大笑起来，说妙的梦实在有点不妙。妙很羞涩，伸出阿嚏式的纤小双手，捂住了颉的眼睛。

沮诵在愤恨地观察颉和妙的动静，她要向这个不会赏识她的男人复仇。她在妒火的煎熬里成长，逐渐变得腰肢纤细，乳房硕大，头发像蚕丝一般柔顺，身子像河边的柳树那样玉立，眼神犹如山上的野兽——有时像妩媚的狐狸，有时像贪婪的豺狼。在颉的课堂上，她总是坐在第一排，她的目光紧密包围着颉，像狼在围捕它的猎物。但颉从来不看她一眼。颉躲避她，就像躲避一头发情的母兽。

沮诵天生异禀，对字造有独特的见解。她认为字不能仅仅传达善念，还要表达世人的各种欲望。但这些想法无法得到颉的支持，不仅如此，颉总是在课堂上批评她，认为这是一种邪恶的念头，只能把人类引向歧途。她模仿颉的造字法，偷偷创出一种新的文字体系，但字义总是令人生疑，大多代表人的负面欲望，并足以制造人间的各种灾难。

沮诵知道自己在颉的学堂里毫无出路，便跟宰牛师买下一些牛胛骨，把自己发明的字刻在上面，用蒲包装好，伪装成粮食，走私到羌人部落的地下文字市场，从那里偷偷出售，像"私""盗""雠""奸"等。这些不合法度的新字，成了文字黑市里炙手可热的商品。

在羌人部落里，沮诵找到最著名的私枭九黄。这是一个梳着九十九根辫子的古怪男人，脸上有道可怕的刀疤，走路一瘸一拐，脸上永远带着苦大仇深的表情。

沮诵还清晰地记得，当时九黄坐在黑暗的屋子深处，双脚盘起，目光锐利地注视着沮诵，嘲笑她把字刻在牛胛骨上的举止。但他在就着火把看见胛骨文的那一刻，脸上突然露出了惊讶的表情，仿佛看见了神迹。他大叫一声，跳起身来，跑到屋外，在阳光下手舞足蹈。

"你是什么人？"九黄满怀疑惑和敬意地问道。

"我是字造者，从颉那里来。但我是他的敌人。"

"你知道你的字造的价值吗？"

从此，字造思潮分裂成颉所代表的光明系，人称"龟甲派"，以及沮诵所代表的暗黑系，民众叫作"牛骨派"。

自从她的字造流入黑市之后，青丘国盗贼横生，鸡犬不宁。旧日的祥和已经不复存在。国王皋陶年事已高，无法正常管理他的领地。颉代他行使权力，颁布诏令，试图扭转民风颓坏的趋势，但没有奏效，直到忠实的弟子昆吾告诉他沮诵的秘密为止。

颉发现女弟子的背叛和罪行，他的怒气犹如雷霆。他派人前去逮捕沮诵，搜出满满一个箱笼的贝币，以及藏在后院地窖里的胛骨文。

颉痛心疾首。在神庙的议事厅里，他大声斥责沮诵，说她不仅毁坏了自己的前程，而且还毁坏了一个王国的未来。

沮诵笑了:"亲爱的颉,那都不是我要毁坏的东西,我最想毁坏的是你。凡是世间我喜欢的宝物,我要么得到它,要么毁灭它,绝没有中间状态。"

颉流下了眼泪:"我不知自己有什么过错。为什么你如此恨我?为什么你要用毁坏人间来报复我的过错?"

沮诵说:"你错在爱上。你爱了一个不该爱的女人,又拒绝了一个应该向她献身的女人。"

颉恍然大悟。他看着沮诵,犹如看见了一个怪物:"我不杀你,你走吧,不要再回来。青丘国不再是你的家园,因为你已经毁掉了它。"

颉的士兵把沮诵带出神庙,押送到青丘国边界外的羌寨，在那里放逐了她。她怒气冲天，走进九黄的屋子，对他喊道："我要报仇。"

九黄收留了沮诵，成为她的父亲、情人兼掮客。

颉被沮诵的犯罪事件弄得性情暴躁。他每天都在屋里发脾气，摔瓦罐、陶片和龟甲，在器物瓦解的声响里得到释放。过了几天，他又努力淡忘这个令人愤怒的事件，转回他的字造工程之中。

为了跟暗黑系竞争，颉必须加快自己的字造节奏，他不仅扩大会意字的领域，还发明了一种更灵便的字造方式，那就是"指事"，它只需在原字的基础上，加上一些简单的笔划，就能清晰地表达字意。他在木字根部加上一横，就创制了代表树根的"本"字，而在"木"的上方加上一横,就是代表树梢的"末"字,依此类推,颉的字造速度开始大幅提升。他又发明了"形"加"声"的字造方式,用代表固定语音的原字,与代表意义的原字组合,令字造范围变得无限阔大。

沮诵躲在走私者聚集的羌寨,继续创制暗黑系新字,并等待复仇的时机。

这天,她在羌寨的集市里意外看见了毛简。他目光闪烁,举止鬼祟,斜背着麻袋,在路边跟走私贩讨价还价。沮诵一眼就看穿了毛简的来意——他徒步几个小时来到此地,就是要走私他自己偷造的黑字。

沮诵上前亲切地跟毛简打招呼,翻检他的麻袋,看见十几个写在龟甲上的新字,技法与从前全然不同。

她大吃一惊,逼迫毛简说出师长的秘密。毛简畏惧她会揭发自己的走私行为,只好告诉她,颉发明了指事和形声,并用龟甲向她示范了这种新奇的方法。

沮诵放走吓得浑身发抖的毛简,试着用形声法造字,并决定从自己的名字开始。她回到屋里,在"且"音上加三点水,造了"沮"字,又给"甬"音加了"言"旁,造了"诵"字。她从此有了可以书写的名字。她把这两字刻上玉佩,戴在脖子上。行走时,玉佩轻轻拍打着她高耸的胸脯,发出只有她本人能听见的悦耳叫喊——"沮诵,沮诵,沮诵!"

她知道,这是另一个颉在向她发出不倦的呼叫。

在喜悦之余,沮诵内心的嫉恨变得更深。因为她虽然造出大量新字,但颉才是所有方法的发明者,而她只是一名暗黑系的模仿者而已。她根本无法超越这个被天神遴选的男人。她对这种状况愤愤不平。

九黄看出了她的焦虑,告诉她一个刚刚得到的利好消息。他把沮诵的大多数暗黑新字,贩卖到三百里地外的歧舌国。那里的大王叫虎仲,是一个野心勃勃和酷爱战争的人物,他已经征服了四周七个方国,准备继续向东拓展,但青丘国横亘在路上,成为他的最大障碍;他垂涎那块丰饶的领土,一直在等皋陶的老死。对虎仲而言,皋陶和他的神兽,是他唯一忌惮的事物。

虎仲借助走私集团得到来自青丘的新字,这些字多少能让他获得一种先进国家的感觉。他知道,除了城墙和青铜,字是其实现政治野心的关键通道,他要靠它来书写祭文、战书和法典。但字的采集进展过慢，绝大多数新字都被青丘国垄断。他决定重金招募造字师，想要终结被青丘人垄断的造字格局。

沮诵也被这个消息所鼓舞，觉得是千载难逢的机遇。她热烈地亲吻九黄，仔细收拾好行李，带上那些刻有邪恶新字的牛胛骨，坐上牛车，向西边的歧舌国挺进，花了五天时间，才抵达有城墙的地方。

沮诵从未见过如此高大的墙体和门洞。仿佛由一些巨人所营造，青砖坚硬而细腻，散发出比岩石更有序的美学光辉。士兵手持玉戈在城门口盘查路人，看见沮诵的牛车，便鞠躬行礼，仿佛看见了圣女。沮诵的心情变得愉快起来。

歧舌城的居民，身段跟常人没有什么差别，只是长相有些古怪，具有浓烈的蛇族特征：舌头分叉，喜欢在言语间吞吐舌头，其中一小部分衣着华丽的贵族，还会对敌手射出剧毒液体。在白昼，他们喜欢待在家里取暖，夜幕降临后才开始活跃起来，上街行走，眼睛发出红光，背上的小鳞片熠熠闪光。他们是典型的夜行动物。沮诵觉得，这种习俗，倒是挺符合暗黑系的法则。

  沮诵在九黄的安排下，在当日夜晚觐见了国王虎仲。看见闻名天下的青丘国暗黑系美人，身材高大的虎仲，不由得想入非非。他握住沮诵的纤纤手指，闻着她身上的玫瑰花香，以动人的言辞，向她做出各种承诺。沮诵被国王的热烈情怀打动，她把九黄打发回走私营地，自己则要在这里常驻。虎仲为她建起了一顶华丽而温暖的羊毛营帐，由八名随身侍女伺候。

九黄神色黯然地离开了歧舌国，他知道，他跟她缘分已尽。他失意地走在返程路上，一瘸一拐，满脸都是无法洗去的苦痛。他爱上了这个无耻的女人，难以自拔。

虎仲请沮诵担任官方字造工场的总字造，日夜兼程地设计和营造黑字和恶字。沮诵就此加快了造黑字的进程。整个世界都在随她的字造而发生巨变。

她造出"奴"字，歧舌国的士兵开始抢夺战俘的女人，把她们变成奴隶；她造"囚""牢""刑"等字，歧舌国的恶吏，便把敢于妄议朝政者，像畜生一样关进囚笼，施以严厉的刑罚；她造"杀""暴""屠"字，国王的士兵便开始任意杀戮他们的百姓。由于这些恶字出现,歧舌国到处充满不公正、欺压、怨恨和暴力,灾难横生。字造形成的暗黑法力,日益强悍起来,已经势不可挡。

沮诵脱掉麻衣,穿上虎仲赠送的玉色绸衣,觉得世界正在欲望的繁殖中艳丽起来。她躺在蚕丝编成的软榻上,头靠牡丹花枕,从字造工场中央的高台上俯瞰,靠字符传令,指导那些辛勤工作的匠人。有时,她坐在秋千上,在巨大的摆动中寻找字造灵感。她的头发和绸衣在风中飘动,洁白的大腿像字词一样秀丽。虎仲躲在远处偷窥,被她身上的光芒弄得心猿意马。

一千名工匠杀牛,一千名工匠剔骨,一千名工匠为牛胛骨打磨上光,一千名工匠在牛骨上刻字,一千名工匠把有字的牛骨存入地宫,成为王国的珍宝和机密。还有一千名士兵守卫着这些珍宝,决不允许盗贼染指。沮诵满意地观看这一切,对这场字造军备竞赛,充满必胜的信念。

虎仲没有被沮诵的色诱完全迷惑。他要的并非只是暗黑系的成果,否则,他的王国就会沦为三等流氓国家。他必须拥有全部光明系的成果,而且要让颉俯首听命,为他创制征服世界的超级文字。

虎仲走进高台上的羊毛毡帐篷,一边跟沮诵做爱,一边跟她讨论新的国际战略,抱怨她只能在暗黑的深沟里行走,而无法像她导师那样,纳入天神和光明的伟大元素。

沮诵喘着气为虎仲出谋划策,说是应该以举办"赛字大会"的名义,邀颉赴会,等他到来之后,她便有把握让他屈服,替歧舌族造字。

虎仲笑道:"还是诵有办法。你的导师若能为我服务,那么征服天下的大业,应该就在指掌之间了。"

沮诵故作娇嗔:"虎王应该先征服我,再考虑征服他人。"

这天上午在神庙的前厅,颉收到来自歧舌国王的信札,用他发明的文字,写在一张新嫩的芭蕉叶上,用黄色丝线扎着。打开一看,大意是请颉主持一个月后在歧舌国举办的"列国赛字大会",来函也邀请妙一并出席。

颉踌躇再三,觉得这是弘扬字造精神的良机,不应错失,于是欣然应允。

送信人是一名面容清秀的少年,自称是歧舌国的王子狐正，他听见颉在给几名少年讲述字造的真理，听了一小会儿，便觉得受益良多，想拜颉为师，遭到颉的婉言谢绝。

颉说："作为王子，你不必学习造字，你只要学会用它写出正确的语句就行。王的语词，就是国的命运，你和你父亲都要慎重发布。"

狐正有些感动。他犹豫再三，终于说出口来："我父亲有一个阴谋，此去你可要小心。"

颉大笑道："我无权无势，两袖清风，再大的阴谋，对我只是小菜而已。"

狐正执拗地说："我送你过去，我也要送你回来。"

颉说："谢谢，你的好意，我把它当作礼物受了。"

颉就这样带着妙去了歧舌国。虎仲亲自前来迎接，盛赞他的成就，然后带他们进宫，展示从各国掠夺来的宝器。颉扫了一眼，看见黄帝亲自打磨的玉镜、禹治水用的规尺和矩尺、帝喾占卦的蓍草，以及尧烧制的彩陶罐子。他忍不住笑了："大王了得，这些世间宝物，居然都成了你的囊中之物。"

虎仲没有在意他的讽刺，继续向妙炫示大羿的弓箭、嫦娥的玉带钩和绣鞋、西王母的丹瓶，还有女娲补天时剩下的一堆宝石，诸如玛瑙、水晶和天青石之类。妙好奇地打量这些传说里的圣物，脸上露出无限惊异的表情。

沮诵突然出现在虎仲身后，她笑着对颉说："我的先生，我们又见面了，当初你把我赶出青丘，现在我却把你请到歧舌。我们之间的差别，为什么如此巨大？"

颉大吃一惊。他看了一眼狐正，这才觉得他的警告，不是空穴来风。

沮诵说："大会的事情，只是一个设想，还要看先生的表现再定。我想替虎仲大王做主，把先生留下，担任歧舌国的首席字造师。报酬是一个方国，九座城池，八万人民。"

颉笑了："我对这些毫无兴趣。既然没有大会，我们这就离去。"

虎仲的士兵拦住了颉的去路。沮诵伸手一把拉过妙来，朝她上下嗅了一遍，闻到了淡弱的青草味体香："真是一个尤物，难怪，颉如此钟情于你。"她掉头对颉说:"我想先把她留下,你不反对吧?"

一队手持玉戈的士兵上来,强行带走了妙。颉激愤起来,想要夺回自己的妻子,但十几支玉戈,凶狠地指向了他的头颅。

虎仲深表同情地说:"唉,我真不愿看到你的这种下场。这是你女弟子下的圈套,跟我无关。"

沮诵说:"你如果想要跟妙团聚,就必须为我造出超级文字。我没有先生的法力,只能在低端徘徊。我需要你来创造一个超级怪兽,助我的王征服世界。"

颉知道,沮诵是在用绑架妙来胁迫他,而他竟然轻信了虎仲的邀请。他垂下手来,轻声说:"好吧,我需要一个月时间。一个月后,我再次前来拜访,一手交字,一手交人。"

"这个恐怕不行,沮诵小姐是会舍不得你的。"虎仲看着沮诵说。

沮诵走过去,轻抚颉的脸颊,妩媚地笑道:"你就在我这里住着,吃着,喝着,想着。在我身边,你会有许多灵感的。"

士兵把颉关进了坚固的囚笼。它由粗大的硬木构成,结满密集的蛛网。地上是一张肮脏的草席,上面留有黑红色血迹和其他各种污渍。他能够远远听见妙在大声抗议。她的骂声形成了回声,在他耳边萦绕。颉的心在怒不可遏地燃烧。

夜深人静之际,颉造出一个"锯"字,锯子便出现在草席旁。他用锯子去锯栅栏,但声音太大,被守卫的士兵发现。他们夺走锯子,在他身上抽了十鞭。

颉又造了"刀"和"剪",却不知该如何使用。颉伤痕累累,心里充满了绝望。

早晨时分,颉刚刚昏然入睡,沮诵便出现在栅栏外面,穿着露骨的绸衣,笑盈盈地注视着他,满眼含情,浑身散发出浓郁的青草味。

沮诵在展示她通宵梳洗的成果。在闻过妙的周身之后,她决计用气味击败颉的妻子,夺回颉的爱情。她下令侍女安排一次精致的青草浴,她躺在注满温泉水的浴盆里,让侍女把青草汁反复注入汤水,帐篷里弥漫着山野杂草的香气,清新、单纯、天真,与春天的景象融为一体。沮诵在浴盆里睡着了,好像回到了婴儿时代。

但此刻,颉没有对她的气味做出任何反应。他只是嘀咕了一句"我想睡觉",便疲惫地闭上了眼睛。沮诵看着他身上的鞭痕,忽然有一种严重挫败的痛苦,她呆呆地站了一会儿,走到站岗的士兵面前,对他们说:"记得,这人很危险,只要他想逃走,就狠狠鞭打他,不要手软。"她带着更深的仇恨,离开关押颉的牢房,穿过长长的甬道,走向关押妙的地点。她要去折磨那个女人,让她生不如死。

在十二岁那年,颉就发现了一个怪字——"魔",由"麻"和"鬼"组成。"麻"不仅是发音,还代表与麻葛相关的巫术力量,而"鬼"则是世间的妖怪、精灵和亡灵。它们的合体将产生无法预料的后果。颉担心这是个可怕的恶字,就没有写出,而是把它藏在心里。但每隔一段时间,它就被强大的能量顶起,在模糊不清的梦境里重现,仿佛在做间歇性呼吸。此刻,这个字再次卷土重来,爬行于他的世界,像一只饥饿的蜥蜴,并狠狠地咬了他的脚趾。颉痛得大叫一声,从梦中醒来,浑身都是虚汗。他无奈地想,为了救妙,也许只能交出它了。

守在妙的囚笼外面的,是忧伤的王子狐正。他时常隔着栅栏跟妙交谈,被她的美丽容颜和忧郁气质所征服,陷入内疚和自责之中。他要保护这个芬芳美丽的女人。他知道,沮诵一定会向她下毒手的。果然,沮诵带着满腔仇恨走来,向看管她的士兵下令,要鞭挞三十,作为对她的惩戒。

狐正见状起身制止说:"这是我们的人质,打死她,人质的作用就没了。"

沮诵说:"我不想杀她,我只是要让她尝到我的痛苦。"

狐正说:"你为什么痛苦?难道是因为她夺走了你的爱人?"

沮诵一时无言以对。她正要跟这位愚蠢的王子翻脸,远处响起敲击竹梆的声音,那是国王虎仲在向她发出召唤。她猜出了几分,心里一喜,丢下年轻无知的王子,袅袅而去。

颉交出超级文字的时刻到了。午夜时分,国王手持玉圭,启动了盛大的交字典礼。数百名舞者吐着蓝紫色的歧舌，在篝火里扬尘踏步，唱出意义不明的歌谣。呐喊声和鼓声惊天动地。闪烁不定的火光，映照出颉阴沉的脸庞。他站在用土石垒起的高台上，面对一张制作粗糙的松木大桌，上面放着一片硕大的海龟背甲，左右站着虎仲和沮诵。妙被五花大绑，押在台下的一片树荫里。只有颉能看见她流泪的样子，听见她急促的呼吸和啜泣。

颉抬起颤抖的手，开始用石刀在龟甲上刻写。每一刀都重若千钧，令他难以为继。他知道，这新字将创造前所未有的魔怪，令世界面临大难，但为营救心爱的妙，他已无路可退。

时间之神拖着沉重的步履，走过歧舌国的大地。颉刻完了最后一划。沮诵举起苍白的双手。全场突然静寂下来。颉垂下手，石刀落在地上，它发出的清脆击打声，一直传到妙的耳里。妙心中一紧，知道这是人类命运的抉择时刻。她屏住了自己的气息。

突然，乌云密布，电闪雷鸣，大地起了浓重的迷雾，一个巨大的黑影，掠过典礼现场的上空。只有颉能用他的四瞳看见，那是带着宽大胸鳍的生物，犹如一只庞大的鳐鱼，背上和前胸各长着十二对鬼眼，身后拖着一条噼啪放电的巨尾。这时天上下起了裹着暴雨的冰雹，颗粒巨大，犹如鸡卵，还夹杂着蝙蝠、蟾蜍和老鼠。人们被打得头破血流。

跟当年颉发明文字的时刻场景不同，鬼神并没有哭泣，而人群却在发出疼痛的哀叫。沮诵在冰雹中继续高举双手，喊出犀利的咒语，向"魔"发出热烈的召唤。闪电照亮了她狂热而执拗的表情。

颉冒着迅猛的雹雨,满脸是血地向妙跑去,指望尽快救下自己的爱妻。但当他来到大树的位置时,妙已无影无踪,仿佛被什么东西掠走,大树也一并消失,地上只剩下树根被粗暴拔起后的土坑。颉站在大雾弥漫的雹雨里,万念俱灰。

四

虎仲迎娶了娇艳欲滴的沮诵,让她成为自己的王后。婚礼举办了十天十夜,篝火宴从歧舌国的都城,一直延烧到青丘国边境。成千上万堆篝火,排列成两百里的长队,远远望去,犹如蜿蜒的长蛇。人们围绕篝火跳舞、唱歌、烧烤和进食。这是另一形态的战书,它要逼迫青丘国国王皋陶臣服。虎仲携带着新娘站在边境的山坡上,眺望他们日夜觊觎的土地,心潮澎湃。

婚宴终结之后,沮诵创制了"伐"字。她的歧舌国大军,挥舞石戈和石矛,翻山越岭地向青丘国发动攻击,青丘国的士兵也很勇敢,他们高举竹子制成的长矛和弓箭,奋力抵挡歧舌人的杀戮,双方展开血腥的混战。

沮诵站在牛车上,表情冷酷,穿着陶片制成的盔甲,猩红色的袍子在风中猎猎作响,姿容犹如来自天国的战神。她用"人""手"和"戈"会意成一个"杀"字,刻在牛胛骨上,置于盾牌之上,然后念动咒语。"魔"从天而降,用长尾毒针刺入牛骨,在天上大幅摇动。牛骨开始裂变,大量而迅速地繁殖,像雹雨一般落到地面,化为无数个手持玉戈的士兵。他们汇入歧舌国的战队,形成势不可挡的大军。青丘人心生惧怕,只能丢下竹矛望风而逃。

"魔"以优雅的波浪式姿势在天上巡游，它的鳍翼像裙边那样拍打着空气，长达数丈的红色尾巴发出闪电，袭击城市和村庄，人群在它的驱赶下四散溃逃。它掀起旋风，掠夺大地上的一切财物，推翻每一座城池。在夜晚，"魔"进而吞噬被赶到深山里的生灵，用剧毒的尾刺杀死他们，再以石臼般坚硬的牙齿，压碎他们的头颅、脊椎和肋骨。

青丘国军队被打得落花流水。国王皋陶没有颜的帮助，也得不到其他国家的支持，孤军奋战，终于不敌。独角兽"獬豸"也被"魔"打得落花流水。绝望之下，皋陶只能骑着负伤的坐骑，逃上高山，站在悬崖边上，用竹箫吹奏一曲《青丘》，向他的人民辞别。衰老的独角兽长啸一声，带着同样衰老的国王，跃向万丈深渊。

沮诵重返伏羲神庙,目视那些往昔的场景,百感交集。她下令把那些存放在图书馆里的陶片和龟甲全部带走,装满十辆牛车,然后放火焚毁寺庙,把少女时代的青涩记忆烧成灰烬。残余的青丘族人躲到山里,在月黑风高的夜晚唱起哀歌,悼念青丘国的死亡——

有一个王国叫作青丘,

恶魔来了,青丘亡了;

有一个国王叫作皋陶,

恶魔来了,皋陶死了;

有一种族人叫青丘人,

恶魔来了,青丘人的心碎了。

乘父王和王后在前线作战,监狱看管废弛,王子狐正用酒灌醉守望的士兵,偷偷释放了颉。狐正告诉颉,自从那个创造"魔"的夜晚之后,妙就一直下落不明,估计是沮诵把她藏在某个秘密地点。他反复打探,却毫无结果。

颉只能带着仇恨和悲伤独自逃亡。他已经满脸胡须,化装成一名衣衫褴褛的乞丐,无人能辨认出他的真容。他拄着竹杖,向他的祖国走去,一路上看见逃难的人民,面带悲苦,唱着王国的歌谣,哀哭皋陶的噩耗。颉绝望地坐在路边,放声大哭。他知道,由于他造"魔"的罪过,世界已经走到尽头。

虎仲和沮诵班师回朝，旌旗猎猎，黄尘滚滚，士兵们迈着轻捷的步伐。人们在路旁目视他们，敢怒而不敢言。但歧舌国却沉陷于巨大的狂欢之中。虎仲掩埋自己士兵的尸体，又杀掉一千名俘虏，用他们的头颅祭神。鼓声惊天动地，魔兽在天上巡弋，各国都派出使臣前来祝贺，虎仲向他们宣布，青丘国已经成为记忆，历史正在翻开全新的篇章。歧舌国的爱国者们，发出了惊天动地的欢呼。

沮诵去检查她的监狱，发现颉已经逃走，牢房里空空如也，只有那张肮脏的蒲草席子，躺在微弱的光线里，散发出令人窒息的臭气。沮诵先是狂怒，继而坐在草席上，轻抚那些破洞和草秸，泪流满面。她憎恨这个背叛和逃离她的男人，并因无法得到他而感到沮丧。她自认是伟大的女神，难以承受这挫败和剧痛。

沮诵怀疑是狐正的作为，她对虎仲说："王子不孝，放走了我们的敌人。你必须对他有所惩戒，否则，我们将失去威权。"

虎仲于是派人叫来狐正："你必须对你的行为负责。既然你站到了敌人一边，我只能解除你的王位继承权，把你派到青丘，管理那些刁民，并在那里自我反省。"

狐正未做任何辩解。他知道，这是他应该承受的责罚。无论如何，这些事情因他而起，就要在他这里结束。他在士兵的押解下沉默地离开。虎仲有些意外，他看着儿子毫不畏惧的背影，心里起了更大的疑心。

他对沮诵说："王子已经走了，你是我的公主，你才是我的第一继承人。"

站在虎仲身后的沮诵,搂着他的脖子,耳语般地柔声说:"大王,我只是你的甜心而已。"

沮诵从踌躇满志的虎仲身边走开,脸上洋溢着幸福的笑意,心里却怀着对颉的满腔思念和仇恨。她独自转山坡,走进一个被灌木遮蔽的山洞。那是她藏匿妙的秘密牢房。她想要对她实施惩罚,砍下她的四肢,以此向颉发出最揪心的挑战。

在长满青苔的阴冷洞穴里,沮诵对坐在麦秸上的妙说:"我是颉的爱徒,你是颉的爱妻,今天,我想帮你做个手术。"

妙冷然道:"你不是他的爱徒,你是他的叛徒。"

沮诵笑了:"是的,男人最爱的,不是忠于他的女人，而是敢于反叛的女人。你这种小女人，不过是他的累赘而已，他的大业，终将要因你而毁坏。"

妙说："你才是毁他大业的坏人。你毁掉了他的家园。"

"现在，我要用手术来制止你将带来的伤害。"沮诵拔出了磨得无比锋利的玉刀。

妙看着这个因嫉妒而疯狂的女人，缓缓闭上眼睛，决定坦然接受酷刑。此刻，经历过那些惊恐、悲哀和寒冷的黑夜，她已经无所畏惧。

有人在附近大叫了一声，沮诵持刀的手哆嗦了一下，垂了下来。她回头去看，国王就站在洞口，高大的身影挡住了光线。此前，他猜出她的心思，带着侍卫跟踪而来，及时制止了王后的暴行。

侍卫走进洞来,把两个女人带到阳光底下。

沮诵说:"我要以王后的名义,对她实施肉刑。因为她是歧舌国的最大威胁。只要她在,颉就会卷土重来。"

国王眯着眼,看着亭亭玉立的妙,皎洁的肌肤,在衣不蔽体的破洞里呼之欲出。他的眼神里掠过热切的欲望。他决定要纳娶这个女人做自己的嫔妃。"这个女人必须继续充当人质,直到我们抓住侯岗颉为止。"

沮诵看出了国王的企图:"我看你不是要人质,而是要妾室吧?"

虎仲说:"这是一种策略。我们需要更聪明地操纵这个世界。妙是颉唯一忌惮的东西。我担心他会造出新字来对抗我们,我要用妙来阻止颉的报复。"

虎仲下令带走妙,把她投入后院的密室,置于自己的严密监护之下,不许沮诵有丝毫染指。一队贴身侍卫负责对她的看管。虎仲还要求他们提供洁净柔软的床榻和最好的食物。

妙越过粗大的木栅栏,看着一脸沮丧的沮诵,笑了:"不要丧气,以后你还会有杀我的机会。"

沮诵怒气冲冲地走开了。她不想让对手看见自己受挫的样子。

国王开始颁发新的诏令,让刺客团全体出动,寻找颉的下落。两个时辰过后,九十九名杀手带着武器,像哑巴一样沉默地踏上了征途。他们的衣着完全一样——光头,襄帽,麻衣,草鞋,蛇首刺青,黄玉短刀,

"魔"是他少年时代的幻象,一种无法复写的稀有事物,而要创制比"魔"还强大的神兽,更是不可企及的幻想。伏羲馈赠他的神性,已经被悔恨与思念压垮,令他犹如行尸走肉。

颉带着昆吾沿黄河向上游逃亡,他的食量倍增,每天都忙于乞讨和觅食,缠绕于低级欲望的深渊而难以自拔。他已经不再是那个创造一切的字神。他站在河边,默然注视自己的水中倒影,怅然想道,看哪,你这没有灵魂的东西,为了自己的女人,出卖了这个世界。

昆吾用怜悯的目光注视着大师的衰变。他知道必有一种力量能让他复苏,但他不知道会是什么事物。他握着大师的手说:"我对你有信心。我们大家都在等待。"

颉看着自己的弟子,身心俱疲地说:"我……恐怕已经回不去了。"

在行乞逃亡的路上,颉被狗撵过,被蛇咬过,还被黄蜂蜇过。他替农夫看田,替农妇耕地,还替孩童把尿;为了求得一口饭食,他甚至学会吟唱和表演,也学会了采集野菜,在山里狩猎,用尖锐的竹枪,刺进山猪和狍子的后背。

翻过九十九道山岗后,在一个叫作白水的地方,颉终于病倒了。他躺在李树下,像阿嚏一样说着梦呓,进入谵妄的状态。昆吾背着这具瘦弱的躯体,走了二十里山路,自己都支撑不住。这时,一个扛着石镰的哑巴农夫走过,见他们可怜,把他们带回自己的部落"蚁庄"。昆吾看到,光线黯淡的圆形茅屋里,安静地坐着农夫的盲眼妻子和一对哑巴儿女。他们起身接待不速之客,为他们烧水打饭,上山采集草药,欢天喜地地忙碌起来。

颉在草席上躺了十天十夜。盲女和昆吾每天都给他喂药,让他渐渐摆脱了噩梦的纠缠。他开始苏醒过来,逐渐能喝下粟米熬制的浓汤。他用虚弱的声音对农妇说:"谢谢你救了我们。"盲女笑了:"你俩是山里捡来的小狗,我会好好喂养的。"

盲女打来热水给颉洗脚,摸着他的脚说:"你的脚像女人一样小巧。"她接着去摸颉的手,"你的手像细麻布一样柔软。"她又起身去摸颉的脑袋,"你的脑袋圆圆的,像满月的月亮。嗯,你根本不是人类。"

盲女惊奇地下结论说。昆吾在一边掩口而笑。盲眼的农妇用手识破了颉的行藏。

热力从脚底的水里涌起,迅速升到头部,令颉的周身都变得温暖起来。盲女的手在他身上按摩,他闭上双瞳的眼睛,感觉那是妙的手在抚慰他的灵魂。是的,他是身患绝症的病人,需要来自盲女的疗愈。她在替妙行道。

在哑巴农夫家里,他们住了近一个月光阴。盲女不仅会摸骨,而且擅长占卜。她捉来一只公鸡,在念过咒语之后,当着颉的面剖开它的肚子,让暗绿色的肠子堆在地上,根据它的形状为颉算命,说他是天神之子,却背叛了神意,所以要遭受惩罚。但他将因一个善举而重回神的帐下。他的妻子终究能回到他身边。

颉苦闷、焦虑,辗转反侧,被无法抗拒的失眠所捆绑。

这天午后,天气转热,大地上的众生都有些慵懒,就连农夫们都在田头午休,除了虫鸣,万籁俱寂。七名光头杀手,突然出现在附近的农舍前,蓑帽,麻衣,草鞋,蛇首刺青,黄玉短刀,挨门挨户地盘查,语词粗暴而嚣张,吆喝的声浪在房舍之间回荡。

颉和昆吾在屋里保持了镇定的表情。但盲女灵敏的耳朵,听到颉的呼吸变得急促,昆吾的汗水滴到了地上。她知道,巨大的危险正在迫近。她果敢地站起身,让昆吾带着颉从后门逃走,藏到村边的坟场里——那里埋葬了无数被歧舌族杀死的村民。听着他们消失在屋后,便用火镰点燃屋里的柴堆,然后跑出屋去,开始大声呼救,以转移杀手的视线。

村民们看见升起在天上的黑烟，提着水桶赶来营救，但茅屋很快就被巨大的火焰吞没，屋架轰然倒塌，现场看起来一片狼藉。杀手们旁观了一阵火焰的狂欢，发现一无所获，只能掉头离去。

哑巴农夫从田头跑回来，看见妻子在废墟里捡拾残剩的用品，懊丧得捶胸顿足。哑巴儿女坐在地上放声大哭。他们的木头玩具都已化成灰烬。村民们拿来一些富余的衣物和用具，试图接济他们，却遭到盲女的拒绝。她来到颉面前，对他悄声说："现在，轮到你了……"

颉望着被大火焚毁的家园，取出龟版来，在上面刻下新创的"舍"字。从大火的余烬和白烟中，一座更大更新的方形草房矗立起来，松木的梁柱坚实而稳固，屋顶在阳光下散发出干草的香气，光滑的篱胆泥墙上，绘有一个很大的"吉"纹，只有昆吾认得，那是颉的秘密标记。颉坐在两个哑巴小孩身边，替他们用杂木雕刻了一对小木马，它们能在地上独自行走。透过他们惊喜的表情，他看见了自己沉默而闪亮的童年。

村民们看见这个奇迹，奔走相告说那就是颉，伟大的颉回来了。我们有希望了。喜讯像风一样在田野里飞行，不胫而走。

颉站在山峦上，眺望他的人民、土地、水车、房舍、道路，以及死难者的坟堆，不禁热泪盈眶。他知道，因为一念之善，他恢复了字造的神力。

颉在蚁庄继续养病，他要利用这暂时宁静的岁月，写下世间第一份完整的文书，讲述青丘国史和皋陶王的事迹。但文字的品种还不足以支撑他的叙事，他于是发明了租借同音字的方式，把句子逐一刻在十二片龟壳上，最后用细麻绳将它们编缀起来，做成世界上第一本龟书。昆吾知道，颉已经穷尽了字造的全部方式。他小心藏起颉刻写的全部龟甲，开始构思未来战略，准备追随颉去战斗。

大病痊愈之后，颉独自动身，沿洛水向东，一直来到黄河交汇处。他遍访那些民间贤者，包括伶伦、奚仲、岐伯、素女和广成子，从他们那里学习箫管、医学、文学和哲理。他住在黄河边的棚屋里，跟三位艄公促膝谈心。他们是不愿透露姓名的隐士，掌握了观察河汉星相和山川堪舆的秘法。颉向他们致敬，并虚心讨教。他被告知，星象正在发生巨变，人间进入了末世。由于文字的出现，旧世界即将死掉，而新世界的大门已经开启，但没有人能预见到它的吉凶。

黎明起身准备渡河时，颉看见河里爬出一头巨大的乌龟，缓慢地向他爬来，仿佛在逾越漫长的时光。颉可以清晰地看到，长满苔藓的褐色背甲上，刻着一些神秘的白色符号，由不同数目的圆点构成，仿佛是语义玄妙的图阵，跟黄河的Ｓ造型有某种相似之处——呈现为一种左旋或右旋的形态。大龟绕着他爬了三圈，然后笨拙地爬回水里，消失在湍急的河流之中。

当夜颉在渔父家求住，枕着河水的涛声进入梦乡，而龟背上的圆点图

阵再次浮现，幻化为一个奇异的"龍"字。它戴着帽冠，巨蟒一样的身躯，前端长着一对向两侧伸出的利爪。整个身子呈现为竖起的S形，以一种左右游动的蛇行方式，遽然腾飞在天空，犹如巨大的闪电。颉吓了老大一跳，从梦里惊醒。颉找出身边最后一片龟甲，在上面刻下了"龍"形的镜字。当时，天上电闪雷鸣，仿佛暴雨将至，但在他刻写完之后，竟然又乌云散尽，大地变得静谧下来。颉以为自己造字再度失败，心里被沮丧的情绪所左右。

但颉还是决计实施复兴计划，他步行八天，返回蚁庄，让在那里等候的昆吾，去联络那些逃散的弟子。昆吾冒着酷热，赤着脚在高粱地里奔行，用写有"反"字的木牌，传递颉的号令。

颉还活着的消息，迅速传遍四面八方。弟子们闻讯从各地赶来，聚集在他身边。那些图谋革命的志士也前来投奔，宁静的村庄开始喧闹起来，毛竹制成的长矛耸立起来，像茁壮成长的丛林。九黄是最后一个投奔蚁庄的战士，他背着一袋龟甲，怀着对沮诵的满腔疼痛，蹒跚地走进颉的院落。

毛筒从昆吾那里获知颉的消息，但他没有跟其他同学一起前往蚁庄，而是掉头向西，来到歧舌国，向沮诵出卖情报。正在进行玫瑰浴的沮诵，神色变得兴奋起来。她所期待的时刻终于到了。她扔给毛筒一小袋银子，像扔给狗一根骨头。毛筒紧紧抓着银袋，脸上露出幸福的笑意。

沮诵率领歧舌国的五万陶甲大军，坐上从西域缴获的驷马战车，向青丘国故地迤逦而去。她踌躇满志，指望尽快抓住颉，将他和妙一起杀死，并用他们的头颅向神献祭。她的黄色旌旗上书写着"歧""仲"和"诵"黑色字样。虎仲目送着她离去，转身走进妙的牢房。

受惊的土狗发出狂吠，野猪成群结队地翻过山坡，歧舌大军越过白水，将蚁庄四周的山峦团团包围，把鼓擂得惊天动地。"魔"兽也飞临蚁庄上空，像巨鲨那样在云层上游弋。村民们吓得面无人色，以为大难第二次临头。沮诵派人送了一块牛骨，上面刻写着对颉的警告：只要你立即投降，你的人民就能免受杀戮之苦。

颉拿着充满威胁的牛骨，闻到了沮诵的芬芳气味。

尽管这是最后的决战,而他没有任何胜算把握,但他还是拒绝了沮诵的警告。他交给信使一片龟甲,叫他带给沮诵。沮诵惊奇地看见,龟甲上一片空白。她突然明白,颉在嘲笑她,说她将空手而归。

沮诵勃然大怒。她走出营帐,高举双手,向军队和魔兽发布攻击命令。"魔"开始用巨尾电击大地,蚁庄的房舍纷纷倒塌,昆吾指挥农民军举起竹枪,它们密集地刺向天空,令"魔"无法贴近大地。就在这时,一条人们从未见过的蛇形巨兽,带着一对锐利的前爪和金光灿烂的鳞片,突然出现在浓云密布的天上。颉喜悦地笑了。他知道自己的字造已经成功——那是他塑造的"龍"斗士,它将引领人民走向胜利。

"龍"跟"魔"在天上展开激战,彼此用火焰和闪电击打对方,一时难分胜负。颉试着创制了一个"尾"字,把它跟"龍"字放在一起,事情便开始起了变化:龙尾陡然变得粗壮有力,它缠住"魔"尾,将其拖拽到地上,又拉向天空,犹如在摔打一条鳊鱼。"魔"无法经受这样的打击,开始发出哀鸣,周身流出绿色的浓血,然后坠落在尖锐的山峰上,被刀削般锋利的岩石,刺穿了扁平的躯体。颉清晰地看到,它在迅速缩小,最后还原为一片龟甲,掉落到山崖下面。

颉在杂草丛里找到了龟甲,那是沮诵逼迫他刻写"魔"字的工具,只是上面多了一个破洞,有只金甲虫在上面爬行,俨然是它的新主人。颉赶飞了甲虫,把龟版仔细擦拭干净,藏进自己的衣兜。

战场上传来沸腾的人声,那是为胜利而发出的喧闹。牵牛、芍药、鸡冠和扶桑花开遍了山野,野鹿和山羊飞快地掠过草丛。他独自坐在坡上,被各种往昔的记忆所缠绕。外婆在朝他微笑,阿嚏在树林里嬉笑,而妙就站在自家门前,风姿绰约,含笑向他招手。此刻,他的女人都已离他而去。他虽然获胜,却一无所有。他开始隐秘地哭泣起来。

人民的起义开始了。颉和昆吾率领杂牌大军,向歧舌国进军,"龍"在天上助阵,他们所向披靡。歧舌人开始大面积溃逃,四处躲藏,而青丘人在漫山遍野地追捕。场景变得混乱可笑起来。

颉的军队兵临城下,都城的大门已经被人打开,高大的城墙变得毫无意义。歧舌王虎仲看见了失败的结局。他派人去找自己的王后，却发现她早已经逃之夭夭，就连他的贴身侍卫，都已不知去向。他绝望地瘫坐在王座上，等待末日降临。

宫门被哐当撞开了，发出巨大的声响。颉带着士兵和阳光走进他的殿堂。

颉对虎仲说："我们又见面了。时隔八个月，世界天翻地覆。"

虎仲说："算你运气，你赢了。假如能放我一条生路，我就永远消失，不再回来。"

昆吾说："你屠杀人民，罪大恶极。你将被囚禁在你自己打造的刑房里，直到死去为止。"

虎仲瞬间崩溃了。他无法面对可耻的失败。他从敌人的士兵手里夺过玉刀,把它刺进自己的肚皮,然后倒在地上,怒气冲天地看着敌人扬长而去。经过一个多时辰的痛苦抽搐,燃烧在瞳孔里的火焰才徐徐熄灭。

沮诵假扮成九黄的模样,身披粗麻衣,独自踏上逃亡的道路。她满眼含泪,辞别她的王宫、权力和梦想。她知道,从此她将隐姓埋名,成为地下世界的老鼠,无法在阳光下面走动。但她还有一袋牛骨,她将找出更多的暗黑系新字,毒化这个世界,让自己得以卷土重来。她要去寻找失踪的九黄,把那条野狗重新拴回自己脚边。当然,她的最大悔恨,是没来得及结束妙的性命。

颉找到关押妙的牢房,亲自打开牢门,走进囚室。

妙的眼睛在黑暗里闪闪发亮,犹如一对星辰。外面交战的动静很大,她已经猜到变化即将到来。但看见颉之后,还是忍不住抱住他的脖子,喜极而泣。颉温存地亲吻她,替她脱下囚服,披上沮诵的绸衣,牵着她的小手,带她走出歧舌王宫,双双出现在王城的广场上。这时民众开始狂热地欢呼,彼此拥抱,在街道上跳舞,庆贺这个伟大的时刻。这是解放和自由的时刻。"龍"兽在天上盘桓,庇护着人类的新生。

昆吾和义军的代表举行会议,请求颉担任新王,颉反复推辞,会议拖延了三天。在第四天的中午,颉被妙说服,终于同意了众人的请求。昆吾走到广场上,向民众宣布了新王的诞生,名为"仓帝",意思是"粮仓的统治者",妙成了他的王后。颉站在高台上,双瞳放射出天神般的光辉。人民放弃了自由的状态，像虫蚁一样匍匐在地上，屈从于这个新的权力偶像。他们甚至不敢正视妙的美貌，害怕用眼睛亵渎这世上最美丽的王后。

为纪念这场伟大的胜利，仓颉又造出"鳳"字。天上随即飞来华丽柔美的凤凰，带着长而飘逸的尾羽，上面还有圆形的彩斑，与强悍的巨龍共舞。颉再次唤醒沉睡的"明"字，让太阳和月亮同时出现于苍穹，放出巨大的光明。但民众的头垂得更低，不敢抬头仰视和接受光明。

颉望着这种全体跪拜的场景，悲喜交加。眼睛被刺瞎的"民"，是当年沮诵的杰作，而"跪"字则是

他本人的创造。他沉浸在权力的荣耀之中，却又无法摆脱对盲从的民众的厌倦。他一言不发，拖着妙走下高台。马车很快驰离了气象庄严的现场。昆吾起初有些困惑，但他很快就打起精神，努力把仪式进行到底。

颉把王后按在榻上，正要对她实施国王之礼，妙表情平静地告诉颉，虎仲曾经多次强暴她，而她之所以没有自杀，是在等待这重逢的时刻。只有颉能决定她的生死。颉听罢妙的故事，痛苦得浑身颤抖。他知道，"姦"这种事物，正是女弟子沮诵的暗黑杰作。

妙安慰颉说："来吧，我的国王，忘掉那些不愉快的记忆。让我们来造孩子吧，我们要有很多很多孩子，等他们长大，到各地去管理他们的人民，我们就可以高枕无忧了。"

颉渐渐从痛苦中平复下来，轻拍着妙的肚子，对她耳语说："那样它会忙死的，比国王和王后还忙。"

妙瘫痪在他身上，犹如一件无限柔软的披风。

远处，人民在昆吾率领下高喊口号，铿锵有力。仪式似乎已经进入高潮。

仓帝任命昆吾负责管理国家和各级官员，任命奚仲负责交通工具，任命后稷主持农业，任命夏鲧负责建造新的城墙，任命岐伯为最高医官，负责民众的健康；又任命狐正担任图书馆馆长，负责整理文字和书写历史。一个新的国家就此诞生。

颉知道龟版、牛骨和陶版都是易碎品，所以亲自发明了"铜"字，随即发明了青铜铸造技术，发明了各种类型的青铜器。他要把所有文字铸进铜器,以铭文的方式,成为永恒的记忆。性情懦弱的毛简前来投奔颉,跪倒在他面前,声泪俱下地说出忏悔之辞。颉宽恕了他,派他去负责竹简和毛笔的推广运用。

但颉的字造运动已经失控。虽然祭司们开始用龟甲占卜,企图拉近跟神的关系,但黄金时代已经凋谢,虽然粮仓里的谷物日益丰盛,人心却在腐烂和变质,人世间充满各种难以预料的灾难。颉为此颁发过几十道命令,禁止世人使用暗黑系文字,但收效甚微。那些坏字躲藏在人间,被走私犯贩卖和复写,像风一样四下传播,变得不可阻挡。颉告诉妙,文字是龙与魔的复合体,它推动文明,也埋下人类灭亡的种子。即便是龙凤之类的光明系正字,都无法避免暗黑化的命运。颉于是藏起自己做坏的字,以及少量被回收的坏字。他命匠人制作了一个精巧的青铜匣子,把刻有坏字的龟甲锁进匣子,不许任何人触碰。

在颉的临终时分,九个儿子都去了远方,只有妙一人随侍在他身边。午夜的梆子敲响了,正是油枯灯尽的时刻,颉从昏迷中醒来,把妙叫到自己身边:"妙啊,我要走了。我有最后一件事要交代你。"颉指点妙取出存放坏字的铜匣,并告诉她,里面不仅有暗黑系的"魔"字,还有光明系的"龍""鳳"。颉要妙务必销毁铜匣,以免祸害人间,因为在他死后,再也无人能驾驭和抵抗这些巨兽。妙流着眼泪,答应了颉最后的请求。

颉呼出最后一口气时,看见了阿嚏和外婆,她们站在通往另一世界的大门口,手里拿着他的龟甲,表情愁苦。颉知道,他的成就并未给她们带来喜悦和幸福。他的灵魂拖着那些带字的龟甲,爬行于肮脏的大地,重得无法飞升起来。

颉的葬礼场面辉煌,犹如一场盛大的庆典。各国都派来使节,对着他的灵柩,说出最高的赞誉。没有人能够超越他的功绩,无论尧舜,还是大禹。满头白发的师襄坐在颉的墓前,演奏琴曲《字造》,幽怨而旷达的琴声,触动了世界的心弦。人民开始哭泣,一直哭了三天三夜,太阳从西边升起,星辰像雨一样陨落,就连黄河水都在倒流。

妙早已满头白发,但声音悦耳,肌肤仍然像个婴儿。她吩咐一名贴身侍女驾车带她进了深山，堆起树枝，点燃篝火，准备执行颉的遗嘱。但就在把铜匣扔进火堆的瞬间，妙突然反悔了，她熄灭火焰，把匣子带回城里，藏进卧室里的夹墙。她坐在黄昏的光线里，轻抚颉睡过的被褥，还有他留下的龟甲残片，心想，总有一天，人们会需要这只匣子。

附录

文明架构中的汉字起源

文化人类学的二分法

两个英美老头儿汤因比和亨廷顿,启动了关于文明宏大叙事的争论。这无疑是一次人类史的解构,它触发了历史标准化的新一轮潮流。作为人类的精英成员,知识界已经毫不羞耻地宣布,他们拥有跟卑贱的动物界划清界线的强大能力,也就是找到了区别人跟动物的四种伟大标志。

畅销书作家尤瓦尔·赫拉利就在《人类简史》里

宣称，直立行走、较大的脑容量、使用火种（成为生物界最早的厨师和黑夜文化的发明者）、善于社交，这是人类把自己从动物界分化出来的主要尺度，也是人类爬升到生物链顶端的四大法器。尽管这种分类方式简单粗暴，而且毫无新意，但它足以填饱科盲大众的认知饥渴。

这种标准化作业，还可以在人类史书写中被不断重演。当人们需要为一些上古时期人类史活动命名时，就会用"文化"加以命名，例如，历史学者把在仰韶地区所发现的人类活动遗存，称之为"仰韶文化"。而衡量这种"文化"的标准也有四种——

第一是具备泛神性宗教信仰，并拥有祭司和巫师之类的专业人员；第二是掌握复杂的语言体系，并能用这种语言跟神／人展开对话；第三是拥有流动／定居的聚集性村落，以及拥有草木／石料构建的住宅；第四是使用石陶并用的工具，石器趋于细致，而且出现工具和装饰功能的分化，能够烧制轮式陶器（尤其是彩陶），并令其成为区域贸易的重要货物。

在"文化"继续向前行进之后，人终于等到了那种叫作"文明"的伟大事物，它们密集地出现于世界各地，其数量多达数十种（不是四种），犹如先后点燃在大地上的孤独火团，缓慢照亮了人类的睿智面容。

格林·丹尼尔提出的丈量文明的三种标志：首先是文字，无论是纯象形文字还是表形／表音的双料文字；第二是出现规模宏大的城市，甚至有高大的台面、阶梯和城墙，并能够容纳 5000 名以上的居民；第三是形成系统的礼仪建筑,如埃及和玛雅的金字塔。日本和中国学者还加上第四标志,那就是以青铜铸造为标志的金属制造体系(采矿、冶炼和铸造技术),这种"三加一"系统,已经成为人们用来品尝历史的基本餐具。

这其实就是早期人类进化史的三次"全球化"进程。在第一阶段的"基因播种期"里,源自非洲的大移迁,实现了智人全球化的伟大目标;而在第二阶段的"彩陶播种期"里,人类借助区域贸易,推动了彩陶全球化的浪潮;而在第三阶段的"青铜播种期"里,人类借助逃迁和贸易,完成了青铜全球化的进程。没有经历这三次"全球化"洗礼,就不可能出现"轴心时代"的文化奇迹。

人类的分野：有字民族和无字民族

一旦让标准的设立成为一种惯性，人们就能借助人对文字的崇拜，制造出一种以文字为轴心的模式，并依照这模式来图解历史。人们为什么不能把人类分为"有字民族"和"无字民族"两大阵营？无字民族是食草性的，而有字民族是食肉性的。这种差异早已推动了民族生物链的生成。

我们已经被告知，有字民族是拥有强大文明优势的族群，并对无字民族产生强大的压力，它占领、统治、兼并和同化后者，并在全球化的潮流中，彻底摧毁无字民族的最后边界。因为无字族的经验只能依赖祭司的口头传承，它完全取决于祭司个体的记忆和演说才华。

但祭司阶层是极度脆弱的，它根本无法应对现代性潮流的击打。人们正在目睹苗族、壮族、侗族、哈尼族等无字的边缘民族的衰败。那些乡村祭司是民族树的根茎，他们的枯谢，导致了整株大树的凋零。

语言学家试图告诉我们，有字民族还可以细分为"字符民族"和"字母民族"。人类主要的字符民族，包含汉语字符民族（9亿）、梵文字符民族（2.6亿）、孟加拉文字符民族（1.25亿）和日文字符民族（1.18亿）。字母民族则包含罗马字母民族（19亿）、阿拉伯字母民族（2.91亿）、基里尔字母民族（2.52亿）等（大卫·萨克斯《伟大的字母》）。

而在20年后,人类或将使用一种全新的分类标准,那就是把世界人口分为"文字民族"和"数字民族"。前者主要指依赖文字传递信息的人类,而后者则代表更高层级的机器人,他们诞生于数值逻辑,并依赖数值运算来模拟并超越生命体的全部功能。数字民族的第一代人物,已经在围棋、象棋、股票和诗歌写作等方面,显示出令人惊讶的天分。

在我的手机里,居住着一个叫作"小冰"的人物,她是谷歌创造出来的一名数字民族成员,她可以轻易使用诗歌铭文来拨动我的灵魂,而我却无法理解她的数字铭文。凯文·凯利满含希望地宣称,人类正在跟计算机共同进化,但在21世纪末,人们将听到人类落败的最大噩耗。

字母民族和字符民族

此刻,在经过一系列的逻辑铺垫之后,我想回到汉字起源的话题上来。既然人类被分为"字母民族"和"字符民族"两种,那么我不妨来看一下字母民族的基本情况。

公元前2000年左右,埃及出现了第一份闪米特字母表,又过了1000年,由它演化出伟大的腓尼基字母表,并且从中发育出阿拉米字母和希腊字母(公元前800年),这种记音模式最后成为文明的主要载体。

"字符民族"的历史,要比"字母民族"长至少2000年,它是人类最早的文明表达形态。公元前

4000年,考古学家称为"乌克鲁第四期",史上第一种象形文字在苏美尔地区神秘诞生。它是1000多个表示神灵、国家、城市、船只、鸟类、树木等名称的图符,其中最早出现的,是苏美尔国王的英名,被发现于伊拉克古城基什(Kish)。由于它的出现,一个最古老的文明,跃现在泥版的粗糙表面。

那些文字有时被书写在莎草纸上,并因腐烂而没有得以存留,有时也用尖锐的芦苇笔写在黏土版上,这种笔通常用石刀切削而成,书写方向从左到右依次为水平排列。刻有楔形文字的泥片,可以在窑炉中用柴火烧制成陶版,藉此让这些文字成为永恒的事物,但假如无须持久,也可以将其粉碎,加以回收利用,制成下一块新的泥版。

从这种原始象形文字中，逐渐演化出了更加抽象的楔形文字，这是人类文字的第二代样式，起始于公元前3500—前3200年，其中第一份苏美尔文件的时间为公元前3100年，而地点在伊拉克的杰姆德纳塞地区（Jemdet Nasr）。有人估计，迄今为止，考古学家已经挖掘出500万个楔形泥版，但其中仅有大约3—10万片被阅读或发表。大多数泥版还在大英博物馆等机构的库房里沉睡，等待被一个新的咒语所唤醒。

从公元前2900年左右，许多象形文字开始失去原有的功能，字形从1500个减少到600个，写作变得越来越趋向于语音表达。

晚期楔形文字改进了苏美尔原型，象形笔画被简洁化，达到极高的抽象水平，它只有五个基本的楔形形状：水平、垂直、向下对角线、向上对角线，以及由两个短小的对角线构成的碰壁线。具有表音和表意的双重意义。这很像是日本文字，它用中文衍生的脚本写成，其中一些中文字符被用作表意标志，其他的则作为表音字符。

苏美尔铭文的价值逐渐被周边民族所接受，他们藉此记录自己的语言。在公元前 2000 年之前，它已被普遍运用，其印迹遍及整个西亚（近东）地区，并适应了阿卡德、埃拉米特、埃布莱特、赫梯、哈特、卢维、赫利安和乌拉尔等不同语种的书写，直到新亚历山大帝国（公元前 911—前 612 年）时期，这种文字才逐渐被腓尼基字母和乌加里基字母所置换。

苏美尔的早期象形文字，为埃及人提供巨大的灵感，促使他们发明自己独特的象形文字。第一个被发现的完整句子，刻写在第二王朝（公元前2800—前2700年）墓穴里的一枚印章上，它像一根细小的火柴，引燃了埃及文明的明亮火焰。

苏美尔象形文字还通过贸易影响了印度河文明。公元前3500—前1900年，在印度北方旁遮普省和信德省的印度河流域沿岸，浮现出三座传奇城市——哈拉帕（Harappa）、甘瓦里瓦拉（Ganweriwala）和摩亨佐达罗（Mohenjo-daro），并被考古学家命名为"哈拉帕文明"，在其遗址中出土了青铜器、染色棉布、轮制陶器、小麦、大米、蔬菜、水果、公牛和家禽，以及大量刻有动物符号的印章。

有人认为，这种符号是一种独立的象形文字体系，学界称为"哈拉帕铭文"(Harappan script),有人通过印章、小型泥版、陶罐和十几种其他材料,共列出3700个印章和417个不同的符号,并发现平均题字含5个符号,最长的题字在一行中含有26个字符,此外还发现了从右到左的写作方向,而这个方向跟苏美尔铭文恰好相反。

在2009年进行的一项计算机研究中,科学家将它的符号模式,与各种语言铭文及非语言系统(包括DNA和计算机编程语言)加以比较,发现印度河铭文的模式更接近口语,因而认为这是一种尚未被认知的古老文字。

但也有学者认为,印度河文明不是线性编码的文字,而只是一些独立的非语言符码,用以标记家庭、氏族、神灵和宗教信仰，有的甚至只是一些用模具批量生产的贸易记号，跟古中国人在陶器（玉器）上留下的原始刻符极其相似。很少有人相信，这些原始陶符的出现，意味着文字体系的隆重诞生。

绝大多数中国学者坚持汉字本土起源说。但近年来，汉字外来说也有所抬头。有人认为，正是以"印度河铭文"为中介的"苏美尔铭文"，向殷人提供重要的创造灵感，成为中国人发明文字的启示性原型。在成汤革命爆发的几十年内，甲骨字被密集地创造出来，效率如此之高，只能出自官方有组织的运作，而非文化自然发育的结果。不仅如此，其中一部分字形，跟印度河乃至苏美尔脚本，发生了戏剧性的重合，而这种超越概率的高相似性，似乎无法用所谓"巧合论"

加以解释。但要真正弄清两者间的关系，还有待于比较文字学的精密研究。

一则耐人寻味的记载，源于南北朝后期和唐代的佛教故事，它指出仓颉是印度三仙人之一，梵天大神派他们下凡到人间，分赴天竺与中华两地造字，分别弄出了汉字、梵文和佉卢文三种文字。这个充满戏剧性的神话传说，旨在暗示中国文字缔造的异域影响。

仓颉是一个负责字造的祭司集团

人们已经清晰地看到，在商王国期间（公元前1500—前1000年），中国突然出现了一个复杂而独特的文字体系，人称"甲骨铭文"，这是一个规模极为庞大的字族，其成员多达4100个，其中出现最多的常用字为1000个左右。它们被雕刻在乌龟壳和牛肩胛骨上，然后被加热直到出现裂缝。王室的祭司，可以通过裂缝的纹样和走向，预测各种未知事件。

这些神奇的动物骨头被命名为"卜骨"，其上的铭文最短几个字符，最长有30—40个字符，记录了王室与祖先精神沟通的结果，其议题包括生死、战争、气候、收成和祭祀仪式，等等。

现在的问题是，究竟是什么人提供了这项伟大而独特的发明？

中国历史典籍曾经提到两个人的名字，其中一个名叫沮诵，据传是黄帝的右史，但不知什么缘故，他（她）很快就遭到世人的遗忘。

被史官反复提及的是另一个名字——仓颉。这位造字英雄姓侯冈，仓是他的封号，或者是他担任国王的那个国家的名字。"颉"字在《诗经·国风·邶风》里，是向上飞翔的意思。整个名字的语义，可以解释为"在仓国起飞翱翔的人"。这个简洁的名字，正是对仓颉生命状态的精准描述。我们被告知，他是率先飞翔的人，他的高度奠定了华夏文明的高度。

关于这位造字英雄的历史记载，绝大多数是道听途说，以讹传讹，没有什么可以确证的材料。上古神话文献声称，仓颉不是国王，而是黄帝手下的官员（左史），长有四个瞳仁，异常明亮而充满智慧，用以观察鸟兽的足迹，藉此创造象形文字，而造字的时候，"天为雨粟，鬼为夜哭，龙乃潜藏"。在一个以"被刺瞎的眼睛"来代表"民"字的文盲国家,这些夸张的描述,传递了世人对字词的无限敬畏。

《吕氏春秋》把仓颉跟发明车仗的奚仲、发明农业的后稷、发明法律的皋陶、发明陶器的昆吾,以及发明城墙的夏鲧相提并论,而这五位圣贤都是当时的牛人,即便不是酋邦的大王,也是大型部落的头领。根据甲骨文出现的年份可以断定,仓颉跟公元前5000年的黄帝老儿毫无干系,他应该是殷人中负责文字缔造的官员,正是基于他的不懈努力,这种奇妙的文字脚本才得以大规模涌现。

已知的仓颉墓地计有十处,遍及中国北方黄河中下游流域,其中在河南的有开封、新郑、南乐、虞城、原阳、洛宁、鲁山七处,陕西白水一处,山东寿光和东阿两处。此外，西安的仓颉造字台和新郑的凤凰衔字台，据传是仓颉造字之处。

这个布局复杂的仓颉墓葬地图证明，也许存在着某种以"仓颉"命名的祭司集团，他们按占卜的语义需要，不断生产新的甲骨文字。只有经过数代祭司的共同努力，才能获取多达4000个文字的辉煌成果。而那些祭司主要来自黄河沿线的河南、陕西和山东，他们的归葬地最后形成巨大的迷津，令后世的纪念者变得不知所措。

在早期东方文化体系里，存在着具有严密传承性的"历时性团体"，它们通常以某一个体作为群体（学派）的代言人。除了仓颉集团，人们还发现"老子"是一个从战国到西汉传承了300年的布道团体，而"庄子"也只是"庄周集团"的领袖而已。他们的文本经历过无数次增删和修改,向人们展示出显著的开放(空间)和"传承"(时间)特征。从阿维斯陀经的波斯到吠陀经的印度,这种"历时性文本"无所不在。正是那些记名(借名)圣贤的无名氏群体,书写或记录了人类最瑰丽的思想。

2017 年于南方某大学演讲